Der Schnürlsamt

Trostlose Novemberstimmung im nebelverhangenen Hausruckviertel. Ein Mann wird in einem Schuppen in dem kleinen Dorf Obermühlau, das zur Gemeinde Ottnang am Hausruck gehört, erhängt aufgefunden. Durch die genaue Beobachtung des diensthabenden Bereitschaftsarztes Gregor Hubmann, der die Totenbeschau durchführen muss, ist schon bald klar, dass es sich um einen vorgetäuschten Selbstmord handelt. Doch wer könnte an dieser Tat Interesse haben? Der ermittelnde Polizeiinspektor Friedrich Lamm müht sich, mangels eindeutiger Beweise, nur zögerlich voran, bis schließlich ein kleiner Gegenstand den Kriminalfall aufzulösen scheint.
Dieser Roman ist nicht einfach nur eine Kriminalgeschichte, er ist eine facettenreiche Erzählung über das Leben mit all seinen menschlichen Wegen und Irrwegen.

Peter Golmayer, 1976 in Salzburg geboren, studierte Medizin in Graz. Er lebt mit seiner Ehefrau und zwei Kindern in Wolfsegg am Hausruck, Oberösterreich.

Peter Golmayer

Der Schnürlsamt

Roman

Bibliografische Information der Deutschen Nationalbibliothek:
Die Deutsche Nationalbibliothek verzeichnet diese
Publikation in der Deutschen Nationalbibliografie;
detaillierte bibliografische Daten sind im Internet über
http://dnb.dnb.de abrufbar.
© 2014 Peter Golmayer
Herstellung und Verlag: BoD – Books on Demand,
Norderstedt

ISBN: 9783732299690

*Fröhliche Utopie verschlingt Freude und Hass,
Gedankengut der großen Welt, klein gemacht, fordert
mich täglich zum Aderlass.
Formst du schon wieder diese wirren Gedanken –
Frage?
...*

Die Ortsnamen, die in diesem Roman erwähnt werden, entsprechen realen Ortschaften in den Gemeinden Ottnang und Wolfsegg am Hausruck. Die Schauplätze sind teilweise, die Handlung sowie alle auftretenden Personen zur Gänze vom Autor frei erfunden und haben mit der Wirklichkeit nichts zu tun.

Prolog

„Die Dinge sind nicht so wie sie scheinen, das war schon in der Vergangenheit so und gilt auch für die Zukunft".

Mit diesen Worten verabschiedete sich der `Todesengel´ von Holzleithen nach sechzig Jahren Ehe von seiner Frau und fiel in einen tiefen, seligen Schlaf.

Schon wenige Wochen zuvor hatte ich die Fähigkeiten des `Todesengels´ scheinbar übertragen bekommen, was mich selbst nicht weiter beunruhigte. Aber wie schon viele Jahre zuvor hatte meine Umwelt größere Probleme damit, weshalb ich mein Geheimnis für mich behalten sollte – bis zum heutigen Tag.

Ich habe oft versucht mich in meinen Großvater, Franz Kerbler, von dem ich erzählen werde, zu versetzen, aber über manche Dinge, so denke ich, die einem selbst nicht widerfahren sind, lässt sich schwer urteilen.

Meine Mutter hat die Ereignisse noch sehr dramatisch in Erinnerung. Sie musste zusehen, wie nach und nach unsere Familie zerbrach und Todesfälle eintraten, die vermeidbar schienen.

So stellt sich für mich nun die Frage, ob es wirklich so kommen musste?

Wir kennen viel zu wenig von dieser Welt und scheinbar Offenkundiges versickert genauso rasch im Morast der geglaubten Wahrheit, wie stets Verborgenes plötzlich offen daliegt, wie ein aufgeschlagenes Buch im Schimmer der ersten Sonnenstrahlen des angebrochenen Tages.

Ich werde nicht lange verweilen in den Worten, die es uns so schwer machen Geschehenes wirklich zu begreifen, aber wir müssen lernen, dass es unser einziges Werkzeug für diesen Zweck ist, sofern wir weiterhin darauf bestehen, nur rational erklärbare Fähigkeiten wirklich als Fähigkeiten gelten zu lassen.

Diese Geschichte aus meinem Leben will nicht belehren und will nicht urteilen. Sie soll uns nur ein Stück näher führen an unser eigentliches Leben, uns näher bringen an die geglaubte Hoffnung der Gerechtigkeit und uns darin bestärken, dem Leben mit offenen Augen und offenem Herzen zu begegnen und nicht jedes Hindernis als unausweichliches Schicksal hinzunehmen, aus dem es kein Entrinnen gibt.

n-u-l-l

Das anmutig verspielte Tänzeln der ersten Sonnenstrahlen im nebelverhangenen Hausruckwald lässt Franz Kerbler inmitten eines magischen Kaleidoskops versinken, das mit vehementer Eindringlichkeit versucht ihm die Glückseligkeit des Daseins nahe zu legen; dass es für ihn keinen Sinn mehr im Leben gibt, was nicht an den Schmerzen liegt, die ihn nun bei jedem Tritt am holprigen Forstweg an sein fortgeschrittenes Alter erinnern, lässt sich dadurch auch nicht verhindern.

Seine Beine, die ihm wie unnütze Klumpen vorkommen, und deren einzige Aufgabe nur noch zu sein scheint, ihn annähernd als Mensch erkennen zu lassen, schleppen ihn zögerlich am Forstweg voran. Immer wieder spürt er, wie sich einzelne Steine, gelockert von vorangegangenen Tritten anderer Waldbesucher, unter seinen Schuhen lösen und hinter ihm ein kurzes Klappern erzeugen. Seine Weste, die er zu Hause immer fein säuberlich im alten Bauernschrank aufbewahrt, hängt schlaff von seinen Schultern und er kann sich nicht entschließen sie auszuziehen, obwohl ihm die Anstrengung des Marsches zunehmend den Schweiß aus den Poren treibt.

Er zerrt ungeschickt an seiner blauen Arbeitshose, die schon etliche Flickstellen aufweist und dadurch an eine unangenehme Hautkrankheit erinnert. Endlich löst sich der feuchte Stoff weit genug von den Kniekehlen, und er kann sich zur Rast auf einen Holzstapel am Wegrand setzen. Mit der linken Hand hebt er seinen Hut; am Hinterrand der Krempe hängen einige

Stofffransen wie feine Härchen herab. Die rechte Hand streift durch das schweißnasse Haar. Für einen kurzen Moment hält er inne - und schließt die Augen.

„Dieser Mistkerl", haucht er mit schwacher Stimme.

Kopfschüttelnd zupft er an seinen struppigen Brauen, die wie zwei breite, bedrohliche graubraune Balken über seinen Augen hängen. Tiefe Falten kerben seine Stirn, der Schweiß zeichnet fein glänzende Streifen. Mit seinen groben, verschwielten Händen formt er ein kleines Dreieck vor seinem Gesicht.

„Dieser Mistkerl!".

Aus den Wunden der Fichtenstämme, dringt reichlich Harz; ein angenehmer Duft verbreitet sich. Seine Hände streifen neben den Oberschenkeln tastend über die Rinde. Er spürt die schuppenartige Oberfläche mit ihren tiefen Kerben und dem gelben Blut dazwischen. Die Augen hält er noch immer fest verschlossen; er verbietet sich einen zu tiefen Blick in die Seele des Waldes.

e-i-n-s

Annas Hände graben sich tief durch den Teig. Ihre Finger sind feingliedrig und zart, keine Hände einer Bäuerin, darauf legt sie wert. Ihren geflochtenen Haarzopf hat sie traditionell hochgesteckt, schließlich ist heute ein Feiertag. Die Schürze zeigt eine feine Schicht Mehlstaub.

Timi, die Katze, tänzelt anschmiegsam um ihre Beine.

„Hast eh grad dein Fressen g´habt, lästiges Vieh", schimpft Anna.

Sie schlüpft aus ihrem Hausschuh und schiebt die Katze beiseite. Timi heißt eigentlich Timna, eine äußerst intellektuelle Bauernkatze - dunkel gescheckt in vielen braun-, grau- und beige-weißen Tönen; selten diese Farbmischung; das Gesicht schlau und zur Hälfte hell.

Teig klebt an Annas Fingern, sie muss Mehl nachgeben. Behände knetet sie weiter und weiter. Richtig durchkneten müsse man einen Germteig, hatte schon die Großmutter gesagt und dann kräftig abschlagen, das gehe nicht ruck zuck. Sie schaut zu ihrer Tochter.

Theresa sitzt am Küchentisch, über ihr die alte Bauernlampe mit der schweren gusseisernen Halterung, die kunstvoll geschwungen in alle vier Himmelsrichtungen zeigt. Sie rechnet. Dritte Klasse Volksschule, da wird das Rechnen schon fleißig geübt. Sie hat ebenfalls eine Schürze umgebunden, mit roten Trägern und einem fein karierten Muster an der

Vorderseite. Sie möchte ihrer Mutter beim Backen helfen, doch zuerst muss sie noch fertig rechnen.

Der Holzofen in der Küche knistert. Eine wohlige Wärme strahlt in den Raum. Der Blick der Mutter trifft sie, wie eine kurze Berührung – eine kleine Ermahnung. Theresa muss ein Scheit nachlegen, denn die Hände ihrer Mutter sind voll Teig. Sie geht zum Herd, kniet sich nieder und öffnet die kleine Ofentür. Der Griff ist heiß. Sie hat bereits den Schutzhandschuh übergezogen, als sie ein Scheit aus der Mauernische neben dem Ofen herausnimmt, in der das Holz, sorgfältig geschlichtet, bereit liegt. Es ist Fichtenholz, das weiß Theresa schon. Sie hat zugesehen, wie ihr Onkel Thomas, der Bruder ihrer Mutter, die Stämme vor zwei Jahren aus dem Wald geholt hatte, mit dem Massey Ferguson Traktor; den Namen des Traktors konnte sie schon mit sieben Jahren richtig aussprechen. Da freute sich ihr Onkel, der dann mit der Motorsäge die Holzstämme in gleichmäßige Stücke gesägt und mit dem Holzspalter die Scheite gemacht hat. Theresa hat beim Aufschlichten des Holzes mitgeholfen; zwei ganze Stunden hat sie geholfen und ihr Onkel Thomas hat sie recht gelobt, das weiß sie auch noch.

z-w-e-i

Hartnäckige zwei Wochen hängt der Nebel schon unbarmherzig über dem Land, als dürfte er seine junge Brut dem direkten Sonnenlicht nicht preisgeben, ein dichter Schleier, hinter dem die Liebste sehnsüchtig auf den ersten Hochzeitskuss wartet.

Franz Kerbler bewohnt mit seiner Frau ein Auszugshaus auf einem Hof in Obermühlau, der von seiner verwitweten Tochter Anna und seinem Sohn Thomas bewirtschaftet wird. Ein alter Bauernhof in einem kleinen oberösterreichischen Dorf knapp unterhalb der Baumgrenze eines nach Osten hin abfallenden Ausläufers des Hausruckwaldes. Wenige Einfamilienhäuser liegen sorglos vermischt unter den geschichtsträchtigen Höfen.

Die Dorfstrasse formt einen verzerrten Kreis, als ob das Rad der Zeit durch ein all zu einseitiges Ziehen unwuchtig geworden wäre. Zahllose alte Obstbäume reihen sich entlang der Strasse oder liegen verstreut zwischen den Gebäuden; mit krummen Stämmen und noch viel krummerem Geäst. Nussbäume, die im Sommer großzügig Schatten spenden, für die hitzigen Köpfe der Dorfbewohner, gibt es nur noch wenige.

Nordwestlich am Rand des Dorfes grenzt ein Dammwildgehege unmittelbar an den Waldrand. Es ist von Trampelpfaden durchzogen, die einer ungeahnten Symmetrie folgen.

Am Morgen hatte er gespürt, entfliehen zu müssen. Ein unbändiger Drang, dieser grauen Tristesse für einen Moment zu entkommen, war in ihm erwacht.

Gleich nach dem kargen Frühstück zog Franz Kerbler die blaue Arbeitshose an, schlüpfte in die alten, ausgebeulten Wanderschuhe, von denen sich schon die Sohle abzulösen begonnen hatte, griff nach seinem Hut und legte den Walkjanker mit den Knöpfen aus Hirschgeweih über den Arm.

Er fuhr den alten, klapprigen, blaugrünen Suzuki aus der Garage, den letzten treuen Begleiter an seiner Seite und machte sich auf den Weg hinauf nach Wolfsegg, das zehn Minuten entfernt von Obermühlau liegt.

Die Fahrt verging rasch und ohne Gedanken und als er im Ort ankam, war dieser beinahe noch menschenleer. Vereinzelte Frühaufsteher schienen sich ziellos zu begegnen und während sich ihre Hände noch tief in den Hosentaschen vergruben, suchten sie unbeholfen nach den ersten Worten des Tages.

Er drosselte die Geschwindigkeit und ließ seinen Blick über den Marktplatz schweifen, von Fenster zu Fenster, von Tür zu Tür. Er stellte sich vor, wie trockene Münder den ersten tiefen Atemzug im neu angebrochenen Morgen wagten und sich müde Arme vereinzelt in die Luft reckten. Dann krochen nach und nach träge Gestalten aus den Betten, die mit ungelenken Bewegungen begannen, das Frühstück zuzubereiten. Bettwäsche wurde aufgeschüttelt, Fenster aufgerissen; Kaffeemaschinen verbreiteten ihren tosenden Lärm und vertrieben die letzten verborgenen Träume der vergangenen Nacht.

Er stellte sich auch vor, wie die ersten Belanglosigkeiten zu Streit führten, wie Erinnerungen an vergangene Gehässigkeiten von neuem aufkeimten und den Nektar für die nächsten Runden des ewigen Kampfes zwischenmenschlicher Uneinigkeiten spendeten. Erste verstörte Kindergesichter, die Schutz hinter vorgehaltenen Händen suchten, rieben sich die letzten friedlichen Reste des Traumsandes aus den Augen, den ihnen der Sandmann am Abend zuvor mit größter Sorgfalt einstreute, um ihnen so eine behagliche Nacht zu bereiten.

Er hörte nicht wie *The Base* eine sanfte Morgenmelodie anstimmten und ein Liebespaar eng umschlungen eine Verlängerung des Glücks suchte.

Die Mariensäule am Ende des Marktplatzes ließ ihn seine Aufmerksamkeit wieder auf die Strasse lenken; gerade als er in die Richtung des Ortsteils mit dem eigenwilligen Namen Kohlgrube, abgezweigt war, verschwand das Denkmal aus seinem Augenwinkel. Das Rattern des Wagens durchzog ihn mit einem kräftigen Vibrieren, das am stärksten vom Ganghebel über seinen rechten Arm bis zur Schulter zu spüren war. Den Kopf wiegte er monoton hin und her, während er ständig die Nase rümpfte, um seiner rutschenden Brille neuen Halt zu geben. Das Radio blieb stumm und der Rückspiegel verlor die Mariensäule hinter der letzten Kurve aus seinem rechteckigen Sichtfeld.

Alsbald hatte er den Ortsteil Kohlgrube erreicht. Beim Cafe Globetrotter, einem Gasthaus, das mit seinem Namen dem Ort einen vermeintlich internationalen Charakter verleihen sollte, hielt er das Auto zwischen zwei verblassten Markierungsstreifen, die im groben Asphalt des Parkplatzes versanken, an. Durch die Windschutzscheibe sah er zu dem alten, gemütlichen Gastgarten, der sich hinter dem blassgrünen, mit prächtigen Blumen geschmückten Gebäude, verbarg. Nicht weit davon lag der Gemüsegarten, der bestimmend für die saisonale Küche war.

Er stieg aus; die Autotür schloss mit einem energischen Aufschlag, der ungewohnt hart die Morgenstille durchbrach. Er überquerte die Gemeindestrasse, versicherte sich mit mehreren Blicken zu beiden Seiten, kein Auto kommen zu sehen, obwohl er genau wusste, dass sich kein Fahrzeug näherte und zog hinter den gegenüberliegenden Häusern, vorbei am ehemaligen Badehaus der Kohlebergarbeiter, weiter zum Waldrand.

Der Anblick der mächtigen Bäume zwang ihn kurz stehen zu bleiben. Das Betreten des Waldes kam ihm, trotz seiner regelmäßigen Wanderungen, wie der Eingang in eine andere, teils befremdliche Welt vor.

Sein Morgenmarsch führte ihn in Richtung Höhenweg, ein Weg der sich, wie ein Strich gegen die Fellrichtung einer Katze, über das Rückgrat des Hausrucks zieht. Ein beschwerlicher Anstieg, der ihn immer wieder zu Pausen zwang. Die Beine, die Luft, der Kopf, alles schien ihm schwer.

Auch im Wald herrschte anfangs noch dichtester Nebel.

d-r-e-i

Die Glut treibt kräftig ihre Wärme durch die Ofentür; wie Lava, denkt Theresa, echte Lava in unserem Küchenherd. Die Glut wandert in ihre Augen und wirft einen diabolischen Ausdruck auf ihr Engelsgesicht. Sie legt das Holzscheit rasch hinein, es fängt gleich Feuer. Sie schließt die Tür, geht zurück zum Tisch und rechnet weiter.

„Vierzehn mal zweiundfünfzig ist", sie überlegt, und schreibt.

„Siebenhundertachtundzwanzig!".

Theresa spricht gerne beim Rechnen, sie rechnet gut.

An ihrem rechten Unterarm bemerkt sie eine lange Rußspur.

„Die muss vom Schutzhandschuh kommen", denkt sie.

„Mama mag es nicht, wenn der schwarze Ruß in die Schulhefte kommt."

Theresa steht gleich auf und verlässt die Küche, in der sich der Geruch des Germteigs bereits ergiebig ausbreitet.

Sie geht ins Bad. Der Fliesenboden dort ist kalt. Überhaupt ist es oft kalt im Bauernhaus, darum hilft Theresa der Mutter gerne in der Küche; in der Küche ist es immer schön warm. Im Bad dreht sie den Wasserhahn auf, bis ein kräftiger Strahl ankommt, dann schrubbt sie fest mit der Hirschseife an ihrem Unterarm. Die Seife beginnt zu schäumen. Mit dem Zeigefinger tupft sie auf den Schaum bis sich kleine Seifenblasen abheben; sie mag den Schaum und die Seifenblasen von der Hirschseife. Ihr Blick wandert hoch zum Spiegel. Der Sprung in der rechten oberen Ecke ist etwas länger geworden. Vermutlich sollte sie nicht mehr mit dem Finger dagegen drücken. Ihre Augen stellen sich auf die Mitte des Spiegels ein. Ein schwarzer Wuschelkopf mit Stupsnase schaut ihr entgegen. Theresa zählt ihre Sommersprossen. Es sind fünfzehn. Sieben Dunkelbraune, vier Hellbraune und vier Halbe, nur an der Nase, sonst hat sie nirgends welche. Die Lampe hinter der Mattglasscheibe über dem Spiegel flirrt; ein unnatürlicher Moment.

Unbeirrt trocknet Theresa ihre Hände ab, klopft mit dem Finger kurz gegen die Nase, als wolle sie die Sommersprossen abschütteln und verlässt das Bad. Der Fliesenboden im Vorraum ist noch immer kalt. Das Hirschgeweih über der Eingangstür beängstigt sie. Theresa hat oft Angst im Bauernhaus, es sind so viele Geräusche, die sie nicht zuordnen kann. Alleine mag sie gar nicht im Haus sein, da ist sie sogar über ihren Bruder Albert froh.

Vom oberen Stock des Hauses drängt sich der Klang seiner Trompete herunter. Er übt fleißig auf seinem Instrument, nicht so nachlässig wie sie; aber Theresa würde auch lieber in die Trompete prusten, als sich mit der Querflöte zu plagen. Sie überlegt kurz, über die Holztreppen zu Alfred hinaufzuknarren, um ihn absichtlich beim Üben zu stören, entschließt sich aber, wieder zurück in die Küche zu gehen.

Die alte Holztüre quietscht beim Schließen, und sie muss sie fest mit beiden Händen gegen den Türstock pressen, bevor sie die Schnalle loslassen kann. Der Vater - als er noch da war - hat die Tür immer gut eingestellt und die Scharniere geölt, damit sie auch die

Kinder ohne Schwierigkeiten auf und zu machen konnten.

Theresa setzt sich wieder an den Tisch und schaut zu ihrer Mutter.

v-i-e-r

Als Franz Kerbler die Augen, auf den Baumstämmen sitzend, wieder öffnet, beginnen vereinzelt Sonnenstrahlen, breite Streifen innerhalb der hoch gewachsenen Bäume zu fächern. Zwischen den sich konisch verjüngenden Kronen der Fichten, erkennt er erstmals das Blau des Himmels durch die auflockernden Nebelschwaden schimmern. Mit dem alten, löchrigen Stofftaschentuch, in dem an einer Ecke mit blauem Garn unverkennbar seine Initialen eingestickt sind, wischt er den Schweiß aus seinen brennenden Augen und trocknet die Stirn.

Am Waldboden entstehen kleine Lichtflecken. Durch die aufgerissenen Nebellöcher drängen begehrlich die Strahlen der Herbstsonne hindurch. Leuchtend grüne Moosfelder, wie silbrig glänzende Samtbetten. Lichtseen bilden sich.

Er erinnert sich an einen Traum der letzten Nacht. Verlassen steht er vor einem Bergsee. Verspielt durchziehen kleine Wellen das Wasser. Die Sonne steht hoch, keine Wolken; dennoch ist alles trüb.

Er betastet mit seinen Zehen das Nass, jede Berührung erzeugt einen kalten, eigenwilligen Schmerz. Dennoch kann er nicht aufhören; immer wieder taucht er seine Zehen in das Wasser.

Plötzlich beginnt sein linkes Bein sich zu verändern, es verliert seine blassrosa Farbe und wird dunkler und dunkler, sodass er es kaum noch von der tiefgrünen Wasseroberfläche unterscheiden kann.

Schließlich beginnt es aufzubrechen, stirbt einfach ab und bröckelte auseinander; löst sich in Nichts auf.

Unmittelbar danach wechselt der Ort; scheinbar vertraut und doch von einem gewissen Unbehagen begleitet. Da liegt er in einem Bett, ohne Bein, bis zum Knie. Am Boden krabbelt Ungeziefer, hässliche schwarze Kakerlaken, die aus Mauernischen hervorkriechen. Wie ein alter Seemann springt er hoch, in dem Zimmer herum, ist auf einmal mit einem Holzbein ausgestattet und versucht darunter das Ungeziefer zu zertrampeln; vor dem knackenden Geräusch schaudert ihn jetzt noch.

Als müsste er hartnäckige Reste dieses Traums, die sich in den Stoffen seiner Kleidung festgehakt haben, abschütteln, wird sein ganzer Körper von einem kurzen Zucken durchzogen.

Die Sonne wird immer intensiver. Die letzten verbliebenen braunen Blätter, der im Wald eingestreuten Laubbäume, erhalten einen bronzenen Glanz. Kahle Baumstämme stehen als Skelette dazwischen, von den Seiten recken sich dürre Äste.

Inmitten der Vielzahl an kleinsten Nebellöchern öffnet sich unverhofft eine kreisrunde Schleuse zum Himmel, die stetig an Größe zunimmt; ein riesengroßer Schlund, aus dessen verborgenem Inneren sich ein kräftig leuchtender Strahl hervorstemmt. Die feinen umliegenden Lichtseen verblassen in der Kraft dieses einzigen mächtigen Strahls.

Wie von einem Magneten angezogen, unterbricht Franz Kerbler seine Route am Forstweg, und klettert zögerlich den Hang ein paar Schritte hinab, bis er an die Stelle gelangt, an der der Lichtstrahl den Boden am intensivsten berührt. Er betritt den leuchtenden Kreis, stellt sich inmitten hinein, mitten in die scheinbar grenzenlose Kraft des Lichts und schließt neuerlich die Augen.

Seine Schuhe versinken zwischen Laub und Geäst. Die groben Falten in seinem Gesicht erzeugen ein eigentümliches Schattengitter, in dem sein Mund, starr gefangen wie ein versteinertes Opfer der Medusa, bewegungslos bleibt.

In innigster Erwartung streckt er die Arme zur Seite hoch. Es kann sich nur um ein Zeichen des Himmels handeln, einen Wink Gottes, der ihn nun mit seinem Leid versöhnen, oder ihn gleich auf ewig zu sich nehmen wird. So steht er mittendrin im leuchtenden Strahl, als fahle graue Statue der Vergänglichkeit, mit hochgerissenen Armen, die Finger weit gespreizt und leicht gekrümmt, Krallen der Verzweiflung - aber nichts geschieht.

Nichts - keine Veränderung. Während er regungslos auf die Wirkung des Sonnenlichts wartet, zeigt sich nicht das kleinste unscheinbare Indiz für eine Erhellung seiner Stimmung oder ein erleichtertes Gefühl, das seinem Körper kurzen Auftrieb bringen könnte. Kein Hinweis für eine unmittelbar bevorstehende Himmelfahrt.

Sein Leid; er muss ständig an ihn denken, diesen Mistkerl. Dieser Wichtigtuer, der vor so langer Zeit das Dorf verlassen hatte, um nach Salzburg zu ziehen, um jetzt als Großbürger zurückzukehren.

Er öffnet seine Augen einen Spalt weit, dann zur Gänze. Seine Umgebung hat nichts an Schönheit verloren und beinahe torkelnd gibt er sich der verzaubernden Macht dieses magischen Kaleidoskops hin; doch sein Inneres hat nichts an Glanz gewonnen.

Enttäuscht und bitter verärgert über seine grenzenlose Naivität dreht sich Franz Kerbler um, verlässt mit wenigen Schritten den leuchtenden Kreis und erklimmt unter dem Knarren morscher Äste den Forstweg.

„Dieser Mistkerl, aber er wird noch büßen!"

Er klopft die Schuhe aneinander, um die wenigen welken Blätter, die am Leder anhaften, abzuschütteln. Langsam und noch ein wenig gebückter als sonst geht er weiter.

Der Weg ist tief zerfurcht von den letzten Regenfällen, und etliche schroffe Steine liegen lose aus der Erde herausgewaschen. Zahllose Rinnsale haben sich hier zuletzt gebildet, ohne jemals mit Genugtuung zu einem Fluss heranzuwachsen oder in einem mächtigen Ozean zu münden. Er selbst fühlt sich ebenso nur noch als ein Rinnsal, stets bedroht gänzlich auszutrocknen.

In einem halben dutzend Kehren schlängelt sich der Fußweg voran; schließlich erreicht er die Nebelgrenze. Nur noch ein leichter, harmloser Dunst schwebt über dem Boden. Leise Vogelstimmen unterhalten sich ferne. Er hockt sich ungelenk hin und streift mit der Hand über den feuchten Waldboden. Eine Geruchsmischung aus Fichtennadeln, Buchenblättern und feuchter Erde gelangt zu seiner Nase. Ein Waldkauz, ein lange gezogenes Heulen, dann Stille; dann wieder Waldboden, er mag den modrigen Geruch. Über ihm am Himmel alles blau, keine Wolke zu erkennen, unter ihm am Boden alles Licht, dazwischen die Nadelbäume in sattem grün. Er stemmt sich hoch und geht weiter.

An der nächsten Lichtung hält er an und lässt seinen verworrenen Blick Richtung Südwesten schweifen. In der Ferne öffnet sich nach unten ein gewaltiges Nebelmeer, in dem die kräftig bewaldeten Hügelrücken des Hausruck wie kleine Inseln emporragen. Die Lichtung gibt ausreichend an Sonnenkraft ab und verdrängt die feuchte Kälte, die zuvor, wie ein gieriger Parasit, in seinen Nacken gekrochen war. Zufrieden sollte er sein, mit sich und der Welt, zufrieden, an der wunderbaren Existenz des Lebens teilhaben zu dürfen, zufrieden, die würzige Frische der Waldluft einatmen zu dürfen, die wärmende Kraft der Sonne in seinem Gesicht zu spüren, einfach zufrieden; aber er kann es nicht. Er bringt sein schwaches Herz nicht mehr auf, keine Wärme kommt herein, keine Güte verlässt es mehr und er will auch keine Kraft dafür aufbringen müssen. Er hat schon lange resigniert.

f-ü-n-f

Anna knetet und knetet. Der Schweiß auf ihrer Stirn beginnt die feinen Strähnen ganz vorne am Haaransatz zu kräuseln. Sie wischt mit dem Handrücken über die Stirn. Ein dünner Streifen Mehl bleibt zurück. Theresa kichert, ihre Mutter merkt es nicht.

Theresa schreibt die letzten Rechnungen zu Ende, kratzt sich mit dem Stift an der Schläfe, legt ihn dann zur Seite und packt das Mathematikhausübungsheft zurück in die Schultasche. Danach kommt der Stift ins Federpenal und auch dieses wandert in die Schultasche.

Ihre Mutter schaut tief in die Schüssel mit dem Teig.

„Ich werde wohl noch Eier brauchen", murmelt sie, „immer brauche ich noch Eier". Theresa geht sicher nicht in den Schuppen zu den Hühnern. Sie mag den Schuppen nicht, der Schuppen ist ihr unheimlich. Überhaupt ist ihr alles unheimlich, vor allem, seit der Vater nicht mehr da ist. Ich werde die Eier wohl selber holen müssen, denkt Anna.

„Eines für den Teig und eines zum Bestreichen für den Germteigzopf, wenn er fertig geflochten ist."

Sie wäscht sich die Hände und befreit sie von den Teig- und Mehlresten. Die Schürze lässt sie noch an. Sie nimmt die braune Wollweste von der Sessellehne und streift sie über.

„Ich gehe Eier holen", erklärt sie mit vorwurfsvollem Blick ihrer Tochter und geht zur Küchentür hinaus.

Anna merkt, dass ihre Tochter den vorwurfsvollen Blick gar nicht wahrgenommen hat und ist froh darüber.

Inzwischen schnürt Theresa den Riemen der Schultasche zu. Die speckigen schmalen Lederbänder fädelt sie geschickt in die grau angelaufenen Messingschnallen. Sie hat den alten Lederranzen von der Urgroßmutter bekommen.
„Du musst gut aufpassen, solche Schultaschen gibt es heute nur noch selten!", hört sie die Urgroßmutter noch mit Nachdruck sagen.
Jetzt hat diese am Friedhof einen schönen Platz bekommen, gleich beim Urgroßvater. Der liegt aber schon viel länger dort. Ihr Bruder Albert sagt immer, vom Urgroßvater ist gar nicht mehr viel übrig. Thersa kann sich das nur schwer vorstellen. Sie nimmt die Tasche und stellt sie an der Wand neben der Küchentür ab - es ist ihr Platz.
Theresa geht zur großen Schüssel mit dem Teig, es ist ihr egal ob noch ein Ei fehlt. Sie bohrt mit der Zeigefingerkuppe hinein und reißt ein kleines Stück heraus. Sie kostet immer vom rohen Teig, obwohl es die Mutter nicht mag. Nun greift sie nochmals in die Schüssel und nimmt eine ganze Hand voll. Zum Glück hat sie keine großen Hände, dann schimpft ihre Mutter nicht. Drei gleich große Kugeln formt sie und beginnt diese sogleich vorsichtig zu walzen, eine nach der anderen. Sie formt drei Teigwürste, ähnlich wie für die Vanillekipferl nur etwas dicker und länger. Dann flicht sie einen kleinen Zopf daraus - vier, fünf Zentimeter schätzt sie - je kleiner, umso besser. Wenn die Mutter mit den Eiern zurückkommt, wird Theresa ihren Zopf auch bestreichen und am Schluss kommen

noch die Zuckerstreusel obendrauf. Sie wird wieder zu viele Streusel nehmen, damit beim Bestreuen genug daneben fallen; die kann sie dann gleich essen. Ihre Mutter mag es nicht, wenn sie die Zuckerstreusel direkt aus der Packung nascht, aber wenn beim Bestreuen welche daneben fallen, ist es etwas Anderes.

s-e-c-h-s

An den Weg zurück erinnert sich Franz Kerbler kaum. Das gemeinsame Abendessen mit seiner Frau Franziska in der kargen Bauernstube, in der er sogar das Kruzifix von seinem Platz in der Ecke oberhalb der Sitzbank entfernt hatte, verläuft wortlos. Er kann ihr schon lange nicht mehr in die Augen sehen; die Angst etwas Vertrautes, Heilsames, Wohlwollendes zu erkennen ist viel zu groß geworden. Der Abend vergeht wie viele zuvor, emotionslos und kalt, zwei gebückte Gestalten mit gebrochenen Seelen.

Seine Frau sieht ihn ratlos an. Er befremdet sie. Die Stille erdrückt sie zusehends. Sie kann seine Veränderung einfach nicht verstehen. Er zeigt kein Interesse mehr an ihr, leugnet zeitweise sogar ihre Existenz, nimmt sie weder wahr, noch ernst. Jeden ihrer Versuche ein offenes Gespräch zu suchen erstickt er im Keim, hielt ihr zuletzt sogar den Mund zu, noch bevor sie richtig zu sprechen beginnen konnte.

Franziska ist ihre Verzweiflung längst anzusehen. Sie hört auf, auf ihr Äußeres zu achten, lässt sich gehen - wohin auch immer. Sie legt keinen Wert auf eine künstliche Fassade, doch jetzt ist sie nur noch ein Schatten ihrer selbst. Die Medikamente, die ihre Stimmung aufhellen sollten, zeigen kaum Wirkung; lediglich der Schlaf ist ihr letzter Vertrauter.

Er selbst, der alte Kerbler, er kann sich nicht einmal mehr auf die Erholung in der Nacht freuen, denn geruhsamen Schlaf findet er schon lange nicht mehr. Alleine die allabendliche Routine lässt ihn auch heute wieder das Badezimmer aufsuchen und die

Vorbereitungen für die Nacht treffen. Ein starrer Blick in den Spiegel, Zahnpaste schäumt aus seinem Mund. Wer ist dieser Mann, denkt er. Er spuckt ins Waschbecken.

Das Schlafzimmer betreten sie immer getrennt voneinander, als lebten sie in unterschiedlichen Zeitebenen. Im Bett kein vertrauter Blick, keine Nähe, keine Zärtlichkeit. Eine starre Grenze aus frostiger Kälte, eine unsichtbare Linie vom Betthaupt bis zum Fußende, trennt ihre Körper.

„Alt sollte man nicht werden", hört sich Franz Kerbler jetzt in die Stille des Schlafzimmers seufzen.

Nur sein rastloses Hin- und Hergewetze auf dem Frotteeleintuch verdrängt das Geräusch der Pendeluhr, das von der Stube hereindringt und schließlich zwischen den breiten Spalten des Dielenbodens versiegt. Gelegentlich gesellt sich ein leises Stöhnen seiner geschundenen Seele hinzu.

„Kannst du wieder nicht einschlafen?", erkundigt sich seine Frau, nach einer Stunde des Bettdecke Ausschüttelns und Zurechtzupfens, mit bemühter Fürsorge, um die Kälte zwischen ihnen zu brechen.

„Soll ich dir eine meiner Schlaftabletten bringen?", fragt sie.

„Behalte dir dein Gift", knarrt seine Stimme harsch zurück, „die kannst du selber nehmen, von mir aus gleich alle".

Und dann hört er sich wieder seufzen:

„Alt sollte man nicht werden".

Wie oft hatte er diesen Satz in seinem Leben schon gehört und sich immer dabei gedacht, warum die Leute ständig über das Leben jammern und raunzen müssen, warum sie nicht einfach mit dem zufrieden sein können, wie es eben gerade ist. Und nun zählt er selbst dazu, zu den Jammerern und Raunzern.

Das Bett knarrt während er sich hin- und herwälzt. Seine Frau dreht ihm den Rücken zu. Er spürt seine Kälte ihr gegenüber. Glücklich und zufrieden war er, bis zu dem Zeitpunkt, als sich alles änderte, dieser Halunke nach über dreißig Jahren wieder vor sein Gesicht trat. Alles wurde schlagartig anders, nichts so belassen, wie es war; kein Stein lag mehr auf dem anderen. Dieser Wichtigtuer, der vor so langer Zeit das Dorf verlassen hatte, um dem biederen Dorfleben auf ewig den Rücken zuzukehren. Was hat ihn nun dazu bewogen zurückzukehren – und wozu? Nur weil er es geschafft hatte zu einer stattlichen Summe Geld zu kommen, und einige Immobilien zu besitzen. Das Geld scheint solchen Menschen das Recht zu geben, einfach aus dem Nichts aufzutauchen und alles durcheinander zu bringen. Nachzufragen, ob er überhaupt willkommen sei, das brauchte er nicht.

Seit dieser verhasste Mensch wieder in sein Leben getreten ist, macht dieses keinen Sinn mehr. Sein Sohn, geplagt von Depressionen, versucht sich ständig umzubringen und seine Frau ernährt sich von Medikamenten: zum Schlafen, zum Wachsein, gegen die Traurigkeit und um seinen Zorn auszuhalten. Nichts ist wie es war und eine Besserung ist aussichtslos; eine unwiederbringliche Veränderung.

Er spürt wie der Ärger seinen Körper auffrisst. Irgendwann schläft er wie ein krummer, verdörrter Ast ein; eine knappe Stunde, bis ein lästiges Ziehen in seiner linken Hüfte ihn zwingt sich auf die andere Seite zu drehen, solange bis auch dort die Schmerzen Einzug finden.

„Alt sollte man nicht werden, so nicht".

Er reibt seine kalten Füße aneinander. Sie erwärmen sich nicht und das Thermofor, das vor langer Zeit seiner Mutter die Nächte mildern sollte, ist längst abgekühlt. Die Gedanken in seinem Kopf kreisen immer dichter und immer drückender, bis sie kreuz und quer gegen den Schädel schlagen und er sich am liebsten sein Gehirn herausreißen würde. Hirnlos könnte er sich das Leben noch vorstellen. Keine Erinnerung an die Schmach, die ihm zu Teil wurde, keine Erinnerung an den Tag, der alles so grausam verändern musste. Mit völlig hohlem Kopf durch die Welt irren, als fremd gesteuertes, hirnloses Objekt, auf irgendeinen Abgrund zu, in den man schmerzlos und gedankenlos hinuntergestürzt wird, damit es am Ende wenigstens noch einmal einen lauten Krach macht.

Seine Frau schläft inzwischen tief, das beruhigt ihn. Er kann es nicht aushalten, wenn er sich bei seiner nächtlichen Rastlosigkeit auch noch beobachtet fühlt. Geteiltes Leid ist halbes Leid, davon hält er nichts; er will alleine sein. Er zählt die Sekunden, in denen sie nicht atmet, manchmal sind es bis zu fünfzehn; wie lange sie wohl noch leben wird?

Er denkt an die Tablettenschachteln in ihrem Nachtkästchen und spielt wieder mit dem Gedanken das Haus niederzubrennen und den ganzen Bauernhof dazu - ein Flammenmeer lichterloh. Das ist das schönste Feuer seit ewigen Zeiten, würden die Nachbarn schwärmen, und ihm, dem Altbauern, dem Kerbler Franz, posthum dafür ihren Dank aussprechen. Doch er bringt es nicht übers Herz seine Enkelkinder in Gefahr zu bringen, so starr ist sein Innerstes noch nicht. Der Hof wäre ihm egal, auch wenn er schon seit Generationen besteht und jeweils vom Vater auf den ältesten Sohn übergeben wurde, aber jetzt gibt es keine Zukunft mehr für die alten Gebäude und die Landwirtschaft.

Unvermittelt dringt ein schwaches Licht durchs Fenster, mitten in der Nacht und wirft ein verzerrtes Rechteck über das Betthaupt. Der Mond steckt noch hinter dem Hausruck und schimmert nur blass zwischen den Bäumen am Hügelkamm hindurch. Woher kommt also dieses Licht? Er schiebt den Thermofor mit den Füßen ans Bettende und dreht sich zur anderen Seite. Mit einem Ruck sitzt er, ganz ohne Schmerzen, dafür ist die Neugierde jetzt zu groß. Er beschließt nachzusehen.

Die Lammfelleinlagen in den Pantoffeln mildern die Kälte. Er zieht den alten gestreiften Schlafrock über und stellt sich ans Fenster. Oft steht er hier und schaut hinaus. Manchmal gibt es den ganzen Tag keine bessere Beschäftigung für ihn. Gelegentlich schiebt er den alten Sessel her, den sein Großvater getischlert hat. Der Sessel stand schon immer im Schlafzimmer. Im Sitzen beobachtet er den Himmel, die Wolken, oder in der Nacht auch die Sterne. Aber solange er stehen kann, starrt er über den Hof.

Im Schuppen bei den Hühnern brennt Licht, das bis zu ihm herüber dringt. Der Fuchs wird es wohl nicht aufgedreht haben, bestätigt ihn seine Abneigung gegen Volksmärchen. Er wird der Sache nachgehen.

„Es ist immerhin eine Abwechslung zur Schlaflosigkeit", denkt er bei sich, während er aus dem Schlafzimmer über den Flur bis zur Haustüre tappt, den olivgrünen Parker wärmend überzieht und darunter der gestreifte Schlafrock heraushängt.

Eine klare Nacht begrüßt ihn. Am Kopf schützt ihn der Hut, den schon sein Vater trug. Den Sternenhimmel nimmt er nicht wahr, die Hutkrempe verdeckt die Sicht, zudem ist sein Kopf immer zu Boden geneigt. In den Gummistiefeln stapft er hinüber zum Schuppen, aus dem er schon als Kind Hühnereier geholt hatte.

Die knarrende Holztür ist rasch erreicht und seine alten Hände öffnen sie mit sicherem Griff. In der Mitte des Hühnerstalls steht unter dem längs verlaufenden Dachbalken, in seichtes Licht getaucht, ein Stuhl. Darauf erkennt er seinen Sohn Thomas, der auf den Zehenspitzen balancierend, gerade einen langen Strick über den Balken wirft. Am Ende des borstigen Seils sieht er die Schlinge mit dem korrekt sitzenden Henkersknoten.

Thomas Kerbler bemerkt den Vater nicht gleich, doch dann treffen ihre Blicke aufeinander, wie eine schon lange vorgesehene und dennoch ungewollte Begegnung. Für einen Moment wird das schmächtige Licht im Schuppen noch schwächer.

„Steig vom Sessel runter!", befiehlt der Vater und wirft dem Sohn einen abfälligen Blick zu.

Ohne lange zu zögern fügt sich der große, kräftige Jungbauer dem scharfen Ton des Vaters. Er steigt vom knarrenden Sessel und nähert sich einige Schritte. Aus dem Schatten des Dachbalkens heraus erkennt man den kühlen und entschlossenen Glanz seiner Augen.

„Du kannst mich nicht aufhalten, Vater!", richtet er sich zu voller Größe auf, „auch wenn du es eben noch getan hast".

Seine Augen verschmälern sich zu einem bedrohlichen Spalt in dessen Tiefe die Gewissheit der Gleichgültigkeit lauert.

„Was soll das Leben für mich noch bringen?", setzt er fort.

„Ich habe einen Vater, der nicht mein Vater ist, oder es zumindest nicht mehr sein möchte, ich habe eine Mutter, die uns alle betrogen hat, ich habe keine Frau, die mir Stütze sein und mir Geborgenheit und Nachwuchs schenken könnte. Die Landwirtschaft ist hart, das Geld knapp, die Zukunft, falls es überhaupt eine geben sollte, ist grau, also was soll mich noch aufhalten. Du sicher nicht, mit deinem ewigen Zorn, dessen Ursache unschuldiger Weise auch ich bin".

Mit langem Schritt nähert sich Thomas wieder dem Sessel.

„Aufhalten?", blinzelt der Vater zurück, die Fäuste wütend geballt und mit einem Schimmer von Intrige in den alten Augäpfeln.

„Ich will dich nicht aufhalten, aber einen Vorschlag, den möchte ich dir machen".

Der Vater nimmt den zweiten Stuhl, der noch im Schuppen steht und stellt ihn neben den anderen. Sie setzen sich, beide. Die Schlinge am Ende des Seils hängt sanft baumelnd in der Mitte des Raumes über ihnen, wie das Pendel ihrer Lebenszeituhr, dessen Schwingungsamplitude stetig kleiner wird. Sie reden lange und intensiv. Es ist eine Zeit her, seitdem sie ein Gespräch führten, das über gewöhnliche und oftmals boshafte Alltagsfloskeln hinausging. Sie beratschlagen sich. Es ist ein gutes Gespräch, es herrscht Einigkeit zwischen den Beiden und sie kommen zu einem Entschluss.

Der Sohn steht auf, klettert abermals auf den Stuhl, zieht den Strick vom Balken, löst den Knoten, lässt das Seil zu Boden gleiten und setzt sich nochmals neben den Alten. Das dicke Seil haben sie immer verwendet um Jungstiere auf den Viehtransporter zu zerren, solange bis einer der Stiere den Jungbauern über die Bordwand katapultierte und sein Unterarm dabei brach. Früher haben sie viele gemeinsame Stunden verbracht, die harte Arbeit hat sie verbunden. Sie konnten auch noch miteinander lachen, sie haben viel gelacht und gerne. Jetzt reicht es nach langer Zeit immerhin für ein kurzes zufriedenes Lächeln, dem ein perfider Plan zu Grunde liegt.

Die Nacht ist bereits weit fortgeschritten, als sich die Beiden von den Stühlen erheben und ihre Abmachung mit einem kräftigen Handschlag besiegeln. Das Licht im Schuppen erlischt. Zwei Füchse in Menschengestalt ziehen in unterschiedlichen Richtungen über den Hof. Die restliche Nacht fällt der Vater in einen ungewohnt sanften und tiefen Schlaf.

s-i-e-b-e-n

Anna zieht ihre Hausschuhe vor der Türe aus und schlüpft in die Hofpantoffeln. Das hölzerne Fußbett ist feucht und kalt, die Luft klar. Der eisige Ostwind, der seit dem Mittagessen aufgekommen ist, kriecht durch die groben Maschen ihrer Wollweste rasch hindurch. Es riecht nach Schnee. Heuer wird der erste Schnee früh fallen, noch vor Allerheiligen.

Jetzt geht sie los, um die Eier zu holen. Mit verschränkten Armen und eingezogenem Kopf. Der Boden ist matschig vom Regen der vergangenen Tage. Der Wind hat den Nebel verscheucht. Der Schnee wird nicht liegen bleiben, wenn er kommt. Die Holzpantoffeln hinterlassen eine tiefe Spur über den Hof. Fünfzig Meter sind es bis zum Schuppen. Sie stapft vorbei an der Garage, wo ihr Bruder den Massey Fergusson Traktor stehen hat.

Gegenüber steht das Auszughaus der Eltern. Sie weiß, dass der Vater am Fenster steht, auch wenn sie nicht zur Seite schaut; er steht immer am Fenster. Die Neugierde zerfrisst ihn, noch vor seiner Sturheit. Es ist schon fast nichts mehr übrig geblieben von ihm. Früher war er ein stattlicher Mann, aber im letzten Jahr hat er schon zehn Kilo abgenommen. Zwei mal haben sie ihn schon gegen seinen Willen ins Krankenhaus gebracht, aber die Ärzte haben nichts gefunden, sogar der Doktor Hubmann hat sich extra um ihn angenommen. Aber die Sturheit und den Starrsinn findet man nicht in einem Körper, da helfen die modernsten Untersuchungsgeräte nichts, da können sich die Ärzte noch so bemühen. Es könnte ein versteckter Tumor sein, haben sie gemeint. Da haben sie Recht. Gut hat sich die Sturheit in ihm versteckt, und wie ein bösartiges Geschwulst hat sich der Starrsinn in ihm ausgebreitet, in alle Ecken und Nischen seines Körpers ist er hineingekrochen, und hat über die Zeit immer mehr und mehr von ihm weggenagt. Und als dann noch diese schreckliche Neugierde dazukam, purzelten die Kilos noch viel schneller von ihm herunter. Nicht mehr lange, denkt Anna, dann kann man ihn auch eingraben.

Vom Nachbarhof hört sie die Korntner Burschen schreien. Sie sieht den Jüngeren hinter dem Älteren herjagen. Sie wetteifern mit Schimpfwörtern; gackern wie die Puten. Anna denkt an ihren Mann, an den schweren Unfall im Wald und daran, dass sie sich ihr Leben auch anders vorgestellt hatte; nicht als junge Witwe, allein mit den zwei Kindern auf dem Bauernhof und dem Bruder, der keine Frau findet; von den Eltern ganz zu Schweigen.

Gedankenverloren zieht sie ihre Spur im feuchten Lehmboden weiter, Schritt für Schritt. Sie erreicht den Schuppen. Unter dem Dach, wo sonst die Schwalben nisten rührt sich nichts. Die Tür steht einen Spalt offen. Von innen dringt ein schwacher Lichtschimmer heraus. Die Hühner gackern vereinzelt, nicht anders als sonst. Ein Holzbalken knarrt, etwas anders als sonst. Sie schiebt die Tür auf, die alte Glühbirne baumelt von der Decke. Ein paar Hühner laufen kreuz und quer.

In der Mitte des Schuppens schweben zwei Stiefel in der Luft und werfen einen schmalen, lang gezogenen Schatten auf den Boden. In den Stiefeln steckt ein Mann. Eigentlich stecken aber die Stiefel an dem Mann, denn um den Holzbalken ist das dicke Seil dreimal geschlungen und um den Hals des Mannes ist es einmal geschlungen. Über die Stiefel hat sich die alte braune Hose geschoben, ein grober Schnürlsamt. Aus den verschlissenen Ärmeln des abgearbeiteten Lagerhausparkers ragen kräftige Hände mit grobknochigen Fingern hervor. Die Haut an den Fingerkuppen ist trocken mit tiefen Schrunden, die Handballen tragen eine dicke Schicht Hornhaut. Trotzdem sind es junge Hände, gerade einmal vierunddreißig Jahre junge, kräftige Bauernhände.

Anna kennt diese Hände, sie erkennt sie schon, als sie noch konzentriert auf die baumelnden Stiefel schaut, als das Gesicht noch von ihr weggedreht ist, und ihr nur die struppigen braunen Haare, in denen sich ein paar kurze Halme Stroh verfangen haben, zugewandt sind. Anna will nicht glauben, was sie sieht. Sie will ihre Augen fest zusammenpressen, doch sie schafft es nicht.

Nun dreht sich der Körper, um dessen Hals sich das kräftige Seil zugezogen hat, das um den Holzbalken, der sich quer durch den Schuppen zieht, geschlungen ist, wie von einer unsichtbaren Hand langsam bewegt, mit dem Gesicht zu ihr.

Es ist Thomas, ihr Bruder, Thomas Kerbler, in der alten braunen Schnürlsamthose. Er mochte die blauen Arbeitshosen nie.

Anna zuckt zusammen und erstarrt. Dann beginnt ihr ganzer Körper zu beben. Die leblosen Augen ihres Bruders starren durch sie hindurch.

Annas Schrei ist von Obermühlau bis Untermühlau zu hören und sogar die uralte Furtbäuerin, von der man sagt, sie sei taub, schreckt kurz auf.

Theresa wartet ungeduldig auf ihre Mutter. Aus kleinen Teigresten formt sie winzige Kügelchen. Sie möchte endlich ihren Germteigzopf mit Ei bestreichen und die Zuckerstreusel darauf streuen. Die Küchenuhr zeigt bereits elf Uhr vormittags. Der Wasserhahn tropft und die Glut im Holzofen knistert leise. Theresa hat den Schrei der Mutter nicht gehört. Sie hat wieder probiert, wie es klingt, wenn man laut singt und sich dabei die Zeigefinger in die Ohren steckt. Das macht sie gerne, zum Zeitvertreib. Warum müssen manche Menschen so jung sterben, kommt es ihr immer wieder unverhofft und blitzartig in den Sinn, seit zwei Tagen schon.

Dann steht die Mutter in der Küchentür, kreidebleich, der Streifen Mehl auf ihrer Stirn hebt sich kaum mehr vom Rest des Gesichts ab.

a-c-h-t

Eine eigentümliche Schwere legt sich auf seine Schultern, wie die unsichtbare Hand einer traurigen Botschaft. Eine Reise in die Vergangenheit zu wagen, dorthin wo die Flucht begann, birgt die Gefahr des Ertrinkens, nach langem, beständigem Rudern im sicher gewähnten Beiboot, das nun doch zu lecken beginnt.

Der Mond hebt und senkt sich, wie ein wahnwitziger Widerhall der Vernunft. Schatten springen aus dem Nichts hervor und verschwinden genauso rasch wie das große Vergessen, das seinen unstillbaren Hunger in der Angst der Schwachen zu bändigen sucht. Ausgezehrte Wolkenfetzen durchstöbern die Nacht nach den Seelen der Verblichenen, ein leichter Mondschimmer heuchelt Zuversicht.

Seine Hände umkrallen das Lenkrad, starr der Blick auf die Straße, die sich wie ein dunkelgrauer Teppich der Schmach vor ihm ausbreitet. Streifen um Streifen der weiß gezogenen Markierungen, die die Fahrbahn in zwei Hälften zwängen, zieht vorbei ohne jemals eine Linie zu ergeben; lediglich im Gewand einer optischen Täuschung gaukeln sie seinem Verstand eine formvollendete Gerade vor, eine zugemutete Einigkeit.

Die Scheinwerfer verbreiten ihr Licht durch die Nacht, kämpfen gegen die Dunkelheit, bohren sich durch die Schatten der Erinnerung des vergangenen Tages. Die Landschaft rast unerkannt an ihm vorbei, nahezu ungebremst. Sein Mundwinkel zuckt. Schweißtropfen lösen sich aus den Poren seiner Stirn, er dreht die Heizung zurück und schaltet das Radio ein.

„Wenn man sein Schicksal in die Hand nehmen will, muss man sich auch der Vergangenheit stellen", ertönt eine heisere Stimme ohne Vibrato aus den knarrenden Lautsprecherboxen des Wagens.

Er wechselt den Sender und lässt sich von Kaufhausmusik berieseln. Berieseln, berieseln und weiter berieseln, bis sich seine Schultern durch die zerstäubte Wirkung der Musik entspannen und das beständige Ziehen in seinem Nacken nach und nach loslässt.

Die Autobahn ist fast leer. Er merkt die Geschwindigkeit kaum, während die Welt immer flacher und flacher atmet. Doch ihr Herz schlägt mit rasendem Tempo; ein gewaltiger Trommelwirbel treibt sie voran, Paukenschläge im Wettbewerb der Galaxien gönnen ihr kaum noch Ruhe; keine Zeit für eine Pause im zeitlosen Raum des unendlichen Universums.

Schlafen kann er wenn er tot ist.

Wie viele Sterne sind eigentlich schon erloschen?

Wie viele Sterne gibt es überhaupt?

Ist er ein Stern?

Irgendeine verrückte Idee lässt ihn hier im Auto sitzen mit starrem Blick durch die, vom Scheinwerferpaar eines entgegenkommenden Autos, opalisierende Windschutzscheibe; so sitzt er mit angespannten, am mattschwarzen Leder des Lenkrads klebenden Händen und schweißnasser Stirn. Die Idee des Blickes in die Vergangenheit, ein Blick zurück nach Oberösterreich, nach Obermühlau, in die Wiege seiner Kindheit, die Wiege seiner Unsicherheit und seines schlechten Gewissens, lässt ihn nun zögern. Zögern vor einer Situation die unausweichlich scheint, eine Situation, die er schon viel zu lange zu vermeiden sucht; deren Gedanke schon alleine Krämpfe in seinen Bauch jagt und an dem Fundament seines Lebenskonstrukts rüttelt, wie ein Orkan am Wolkenkratzer. Heraus aus seiner schützenden Umgebung in die Ungewissheit der fremden Heimat.

Wie ist sein Name?

Was seine Identität?

Haben Namen noch Bedeutung?

Sollte man sich überhaupt beim Namen nennen, oder verbirgt sich dahinter die Gefahr der Entblößung, der Entwaffnung, der allzu raschen Verwundbarkeit?

n-e-u-n

Freitag, 26. Oktober, Nationalfeiertag, Gregor Hubmann dreht den Zündschlüssel auf Stufe zwei. Das rote Display der Digitalanzeige über der Mittelkonsole zeigt 10 Uhr 21. Er wartet bis die gelb leuchtende Heizspirale am Armaturenbrett erlischt und das Vorglühen beendet ist. Regenschwangere Wolken stehen am Horizont. Drohen der Sonne mit wilden Gebärden. Der Wetterbericht stimmt schon wieder nicht.

Eigentlich ist er mit seinem Auto zufrieden, ein neun Jahre alter Japaner - so viel zum Klischee der superreichen Ärzte. Er dreht den Schlüssel noch ein Stück weiter und startet den Dieselmotor. Es ist kalt im Auto. Es ist überhaupt ein kalter 26. Oktober. Für heute wäre noch den ganzen Tag Sonnenschein gemeldet, morgen soll schon der erste Schnee fallen.

Sein Atem beschlägt die Scheibe, nur kurz; das Gebläse der Autoheizung ist stärker. Er muss sich noch Winterreifen besorgen, gleich morgen früh. Ein früher Wintereinbruch.

Er hat Bereitschaftsdienst, heute am Feiertag und auch das ganze Wochenende. Seit er die Arbeit im Krankenhaus reduziert hat, unterstützt er die regionalen Hausärzte bei den Bereitschaftsdiensten für Feiertage und Wochenenden.

Die Hausärzte am Land sind schon eine aussterbende Spezies. In den nächsten fünf Jahren wird gut ein Drittel der praktizierenden Landärzte in Pension gehen und bei dem aktuell bestehenden Ärztemangel und den immer schlechter werdenden Arbeits- und

Entlohnungsbedingungen, besteht bei den Nachwuchsärzten nur wenig Interesse für diesen Tätigkeitsbereich. In Kombination mit der drohenden Gesundheitsreform wird dies die Versorgung der Landbevölkerung drastisch reduzieren. Das spart dem Gesundheitssystem natürlich Kosten, wenn es gar keine Ärzte mehr greifbar in der Nähe gibt, an die man sich wenden kann. Und bevor man jedes Mal nach Linz in den Zentralraum fährt, wird gar nicht mehr zum Arzt gegangen. Ausgeklügeltes System, diese Gesundheitsreform, kosteneffizient und wirksam. Die Sterblichkeit am Land wird wieder deutlich ansteigen, das mittlere Lebensalter sinken, senkt die Gesundheitsausgaben und spart Pensionskosten. Will man etwas effektiv einsparen so ist es am Besten, es gleich gar nicht mehr anzubieten. Dafür bekommt man schöne Zahlen und Zahlen sind wichtig.

Vielleicht sollten sich die Menschen in Zukunft als Zahlen verkleiden, dann hätten sie vielleicht die Chance wieder etwas vermehrt Aufmerksamkeit zu erlangen. Er würde sich als Fragezeichen verkleiden, denkt Hubmann, das würde die Politiker sicher verwirren. Kein Mensch, keine Zahl, einfach nur ein Fragezeichen.

Aber wer will heute überhaupt noch Fragen stellen?

Er regelt die Heizung auf zweiundzwanzig Grad, nur für den Anfang, bevor er nach rechts zum Seitenfenster hinausschaut. Der Blick hoch nach Wolfsegg bietet eine bunte Blätterpracht. Ein riesiger Farbkasten, in dem sich nur noch gelbe, grüne, okkerfarbene, rote und braune Farbmischungen befanden, hat sich in der vergangenen Woche, in einem gewaltigen Guss, über dem Hausruckwald entleert. Zufrieden liegen die Hügel nun da, scheinbar ahnungslos von der nahenden Gewitterfront.

Stolz thront das Schloss der alteingesessenen Grafenfamilie Saint Julien Wallsee mit neu renovierter Fassade über dem Ort. So kommt kein Missverständnis auf, wer das Sagen hat - am Tag. Doch in der Nacht überwacht der hell erleuchtete Kirchturm das Ortsgeschehen, und das Schloss verschwindet in einem blass orangenen Licht, kaum abgehoben von der Finsternis. Ein altes Relikt aus dem Machtkampf zwischen Klerus und Adel.

Über dem Wald hebt sich - vor der immer näher rückenden Schlechtwetterwalze, die sich über den Hausruck schiebt - ein zartes spätherbstliches blau empor, in dem ein letzter, blütenweißer Pottwal schwimmt.

Hubmann fährt am alten Nussbaum neben der Hauseinfahrt vorbei. Dieser steht schon fast nackt am Straßenrand. Der kräftige Herbstwind hat ihn bereits seiner Hülle beraubt, noch vor den Birken und den Obstbäumen. Nur noch ein paar vereinzelte, gelbbraune Blätter hängen in seinem knorrigen Geäst. Unmittelbar neben dem Nussbaum türmt sich ein riesiger Blätterhaufen, den er selbst sorgfältig zusammen geschoben hat; für die Igel, wie er meint. Seine Nase erinnert sich kurz an den intensiven Duft der Blätter - beinahe wie Tannenharz.

Er fährt weiter. Verträumt schaut er aus dem Auto. Im ganzen Dorf wetteifern die Laubbäume mit ihrer Farbenpracht. Doch schon massenhaft liegen zwischen den alten Bauernhäusern, als Ergebnis der Vergänglichkeit, beginnend verfaulende Blätter und altes Obst auf den Wiesen und Straßen verteilt.

Er stöbert mit den Fingern an der Mittelkonsole und dreht den CD-Spieler an. Das Esbjörn-Svenson-Trio breitet in seinem unmissverständlich, experimentellen Jargon eine bebende Klangwelt aus. Hubmann lässt das Dorf hinter sich und biegt bei den zwei großen Firmengebäuden am Ende der Strasse nach links in die Bezirksstrasse nach Wolfsegg ein. Erste dicke Regentropfen zerplatzen an der Windschutzscheibe. Die freilaufenden Hühner in Imling zwingen ihn, die Geschwindigkeitsbeschränkung einzuhalten. Ein kurzer Gruß zum Haus des Bürgermeisters. Er ist froh, mit der Lokalpolitik nichts am Hut zu haben.

Die Tropfen werden dichter. Er schaltet die Scheibenwischer ein. Wie ein Metronom schwenken die Wischerblätter hin und her.

Die Straße hebt sich an, erst steil, wie der Rücken seiner Nase, danach einige Kurven im Flachen, gerade vorbei an der Werbewand fürs Bauernhofeis - eine sommerliche Sehnsucht nach dem besten Eis der Gegend überkommt ihn. Der erwartete heftige Regenguss bleibt aus. Einzelne blaue Flecken schimmern bereits wieder durch die graue Wolkendecke. Ein kurzer Blick nach links, ein felsiger Riese, der Traunstein, steht ganz nah. Dann verläuft die Straße wieder steil hinauf, vorbei an der Hauptschule und etwas weiter oben an der Volksschule, bis sie im Zentrum des Orts mündet: Marktplatz Wolfsegg.

Die im Norden emporragende Mariensäule überwacht das Ortsgeschehen schon seit dem Jahre 1702, lediglich der Sockel aus Sandstein wurde im Zuge der Straßenerneuerung vor über fünfzig Jahren durch einen Granitsockel ersetzt. Etwas herablassend blickt sie auf das viel jüngere Kriegerdenkmal am südlichen Ende des Marktplatzes.

Die Häuser stehen stramm aufgereiht zu beiden Seiten der Straße. Rot-weiss-rote Fahnen erfüllen im aufkommenden Wind wellenförmig ihre Nationalfeiertagspflicht. Die Kirchenglocken läuten, der Wind wird kräftiger. Blätter tanzen über die Straße und die Gehsteige. Trachtenmenschen huschen über den Platz, mit hochgestellten Kragen und dazwischen eingezogenen Köpfen. Zwei Gasthäuser, der Brandlhof und die Schlosstaverne nächst der Mariensäule, stehen sich kühl gegenüber. Das Haus in dem sich der Friseurladen befindet, trägt ganzjährig die Weihnachtsbeleuchtung. Heute wird diese um eine große Österreichfahne ergänzt, die aus einem der obersten Fenster weht. Es ist die größte Fahne im Ort.

Hubmann überlegt kurz welchen Weg er nehmen soll. Er muss weiter nach Holzleithen. Eine alte Frau hat ihn zuvor angerufen. Ihr Mann habe wieder Schwierigkeiten mit der Luft, seit zwei Tagen seien die Beine dick und seit heute Nacht die Luft knapp. Er wird ihm zwei Ampullen Lasix spritzen, denkt Hubmann, denn der Blutdruck ist sicher auch hoch, das weiß er jetzt schon, und dann werden sie die Beine bandagieren und für die nächsten Tage wird er ihm Tabletten zum Entwässern verschreiben. Die Frau wird ihn dann am Wochenende anrufen müssen, wird er ihr sagen, wie es um dem Mann stünde, und es wird ihm schon besser gehen, wird die Frau am Telefon berichten, und sie werden alle drei erleichtert sein.

Er zweigt am Ende des Marktplatzes rechts hinauf in die Stelzhammerstrasse, vorbei am Kirchenwirt und vorbei am ehemaligen Stelzenwirt, dort wo der Schlossbergweg abzweigt und dort, wo auf der viel zu kleinen Verkehrsbucht die Kastanienbäume zweisam ihr Dasein fristen. Er nimmt die Abkürzung über die Deisenhamerstraße; langsam rollt er den Hügel hinab. Danach fährt er durch Kropfling, dann hinauf, Richtung Schießplatz. Den linken Straßenrand säumt eine lange Reihe Obstbäume. Er überlegt kurz sein Auto mit voller Wucht in einen der Bäume zu steuern, doch der Tag ist noch zu jung zum Sterben, außerdem könnte er bergab mit viel weniger Gas einen Baum rammen. Er dreht die Musik lauter.

Erst jetzt bemerkt er das Schauspiel am Himmel. Die dunklen Wolken tanzen Schwanensee, während ihnen die Sonne die Hälse abschneidet.

Er fährt am Schießplatz vorbei und wagt einen kurzen Blick nach rechts zum Thomas Bernhard Haus. Irgendwann wird er wieder vor dem Haus sitzen, einfach so; nicht er, sondern Thomas Bernhard. Vielleicht wird er ihn besuchen, aber vermutlich möchte der berühmte Schriftsteller alleine sein, er hat ja viel *nach*zudenken, wenn er wiederkommt.

Nochmals kommen ihm die Obstbäume in den Sinn, während ein schrilles Pianosolo aus den Lautsprechern dringt. Das Sterben ist, wenn überhaupt, etwas für die Nacht, denkt er. Hubmann stellt sich die Abschleppwagen vor. Einen für das Autowrack und einen für seine Seele. Mit ihren auffälligen orangenen Drehlichtern zaubern sie eine mystische Stimmung in die Nacht. Jedes Licht gehorcht seinem eigenen Rhythmus, und dreht sich völlig unabhängig vom zweiten. Etwa alle dreißig Sekunden kommt es allerdings zu einer kurzen Synchronisation, die zwei annähernd gemeinsame Umdrehungen der beiden Lichter erlaubt, bis die nächsten dreißig Sekunden vergehen. Er liebt dieses nächtliche Leuchtspektakel. Der Abschleppwagen mit dem völlig demolierten Auto wird zum Schrottplatz nach Attnang-Puchheim weiterfahren, wo das Wrack in guter Gesellschaft untergebracht wird, zusammengepresst auf die Größe einer Waschmaschine. Der andere Abschleppwagen, an dessen Haken seine Seele baumelt, wird plötzlich vom Boden abheben, in die Luft empor schweben und im nächtlichen Sternenhimmel mit den Himmelsgeistern um die Wette leuchten.

„Der Komet kommt!", werden die Leute rufen, und Hubmann wird sie das Fürchten lehren.

Die Ortschaft Wiesing hat er bereits hinter sich gelassen, und vor ihm liegt Bergern. Beim Gasthaus Django biegt er wieder nach rechts in die Tanzboden Bezirksstrasse ein und fährt weiter durch Bruckmühl und Englfing bis er endlich nach Holzleithen kommt. Zwei Ereignisse im Jahr prägen diesen Ort, die Kleintierschau und das Westerntreffen, das den neu renovierten Spielplatz jährlich in ein Saufgelage verwandelt. Sonst hat der kleine Ort hauptsächlich viel Nebel und wenig Sonne zu bieten.

Die alte Frau erwartet ihn schon. Ein kleines ehemaliges Bergarbeiterhäuschen, hübsch renoviert, steiles Satteldach, kleine Küche, Wohnzimmer und Bad im Erdgeschoss, zwei kleine Zimmer im Dachgeschoss, siebzig Quadratmeter, kompakt aber nicht sehr robust. Sorgfältig gestapelte Fichtenholzscheite lagern neben der Garagenzufahrt - Buche wäre zu teuer. Die Topfpflanzen sind vermutlich schon eingewintert, so kann er zumindest keinen Parkschaden verursachen.

Die Frau winkt ihn aufgeregt in die Einfahrt. Sie trägt ein altes geblümtes Kleid und ein ebensolches

Kopftuch. Das Auto parkt er quer, so kommt er schneller wieder weg, denn er wird nicht lange bleiben. Er bringt das Esbjörn-Svenson-Trio zum Schweigen; er möchte die Frau nicht irritieren.

Beim Hineingehen erzählt sie ihm nochmals die Geschichte, wie am Telefon. Die Frau ist klein und hektisch, kleine Frauen sind fast immer hektisch, die Lippen etwas bläulich. Sie wird ihren Mann dennoch überleben. Sechzig Jahre seien sie schon verheiratet, und ein paar Jahre möchte sie *ihn* schon noch haben. Sie knotet ihr Kopftuch neu, alte Frauen am Land tragen gerne noch Kopftücher.

„Schönes Muster", sagt Hubmann.

Die Frau lächelt, die Lippen bleiben dabei geschlossen. Ein Lächeln impliziert nicht das Öffnen des Mundes. Er folgt ihr weiter ins Haus.

Dann sieht er den Mann. Dieser blickt ihm durch den kleinen Vorraum, auf einer altmodisch gemusterten Couch im Wohnzimmer sitzend, entgegen. Er wirkt aufgedunsen, die Haut im Gesicht vergröbert, der ganze Mann wirkt grob. Starr sitzt er da, starre Augen, starre Haltung, starre Seele. Eine Gichtzehe hat er bestimmt auch, aber diese interessiert ihn jetzt nicht, denkt Hubmann, dann flüstert er: „Sechzig Jahre, unvorstellbar...".

Die Beine des Mannes sind etwas dicker als er es sich vorgestellt hat und auch die Luft ist etwas knapper, aber die zwei Ampullen Lasix werden dennoch reichen und die Beinbandagen werden ihm gut tun. Der Rest wird sich so erledigen, wie er es sich vorgestellt hat.

Da aber ist etwas anders. Ein Ton, ein zweiter, eine ganze Folge. Das unverhoffte Klingeln seines Bereitschaftshandys, damit hat er nicht gerechnet, daran kann er sich nicht erinnern. Das Klingeln seines Bereitschaftshandys hatte Hubmann am Wolfsegger Marktplatz mit Gewissheit noch nicht in seiner Vorstellung mit dabei.

Er schaut aufs Display und hebt ab.

z-e-h-n

Lamm liegt mit durchgestreckten Beinen auf der neuen Rosshaarmatratze. Das alte Doppelbett in seinem Schlafzimmer knarrt seit jeher. Er blickt erleichtert und mit dem zufriedensten Gesichtsausdruck der gesamten letzten Woche gegen das matt vergilbte Weiß der Schlafzimmerdecke, so, als befände sich darin das paradiesischste Ozeanblau, dessen tiefgründige Erkundung zur umgehenden und ewigen Erleuchtung führen würde. Er hält nicht viel von Ozeanblau. Exakt in der Mitte seines Mundes steckt, zwischen den leicht rissigen Lippen, eine Lucky Strike, die bereits zur Hälfte abgeraucht ist. Er raucht sie in einem durch, wie er es vor etlichen Jahren in einem Kinofilm gesehen hat, ohne die Zigarette auch nur ein einziges Mal abzusetzen. Dadurch entsteht über der Glut eine immer höher werdende Aschesäule. Die Kunst liegt weniger darin die Säule entstehen zu lassen, als darin, das ganze Zeug am Schluss in den Aschenbecher zu verfrachten, ohne die Sauerei im Bett zu haben.

Seine Freundin Marion kann er jedenfalls damit beeindrucken. Zug um Zug nähert sich die Glut dem Filter und die schmale Aschesäule wächst. Es funktioniert natürlich nur, wenn die Zigarette ganz gerade steht. Links und rechts neben dem Mundstück lässt er den Rauch entweichen oder bläst ihn durch die Nase aus. Die feinen Rauchschwaden ziehen dünne graue Streifen durch das Blau der Ewigkeit.

„Rosshaar", denkt er leise bei sich, das hat ihm seine Schwester eingebrockt, nur weil sie zwei Monate bei dieser Naturmatratzenfirma gearbeitet hatte, nachdem sie schon zum x-ten Mal den Job wechseln musste. Geruchsneutral, langlebig, pflegeleicht, ein reines Naturprodukt waren ihre Argumente.

„Scheißhart", denkt er jetzt, und wenn geruchsneutral geruchsneutral ist, dann muss er in Zukunft wohl den Duft unter seinen Axeln als Luxusparfum an den Mann bringen. Aber er hat Nachsehen mit seiner Schwester, wie schon so oft, aber nur wenn er rasch wieder die Matratzenrechnung aus seiner Erinnerung verdrängt.

„Woran denkst du?", hört er Marion neben sich.

Er nimmt den Aschenbecher vom Nachtkästchen und manövriert den Zigarettenstummel samt Aschesäule geschickt hinein.

„An Pferde".

„An Pferde? Seit wann interessierst du dich für Pferde?"

„Seit meine Schwester in dieser Matratzenfirma gearbeitet hat", er grinst.

„Arbeitet sie denn nicht mehr dort?"

„Sie hat noch nie länger als zwei Monate in ein und demselben Job gearbeitet, beziehungsweise hat sie noch nie jemand länger als zwei Monate erduldet, außer mir".

„Ich möchte sie gerne kennen lernen", sagt Marion.

Lamm stellt den Aschenbecher wieder zurück und zieht die Decke etwas höher.

„Nicht solange wir noch zusammen sind," entgegnet er.

Marion sieht erstaunt in sein Gesicht. Da setzt sich ein verschmitztes Grinsen auf ihr eigenes. Sie fährt mit ihrer Hand unter seine Decke und beginnt die spärlichen Haare um seinen Nabel zu kraulen. Es stört ihn nicht, dass sie aufgeklebte Fingernägel trägt, auch wenn er den Sinn dahinter nicht versteht. Lamm streift über Marions Hand und wandert weiter hinunter zwischen die eigenen Beine, um sich über das Wohlbefinden seiner besseren Hälfte zu erkundigen. Er weiß, dass die meisten Menschen jemand anderes als ihre bessere Hälfte bezeichnen, aber bei ihm ist es eben *so*.

Auch Marion beginnt sich für seine bessere Hälfte zu interessieren.

„Inspektor Lamm steht ganz stramm" lispelt sie ihm neckisch ins Ohr.

„Lass die blöden Witze!", ärgert sich Lamm, „Ich hab schon genug Humbug mit meinem Namen gehört."

„Ist schon gut Friedrich, ab jetzt bin ich nur noch lieb zu dir", beruhigt sie ihn und schmiegt ihren Kopf an seine linke Schulter, sodass er ihren warmen Atem an der kleinen Grube unterhalb des Schlüsselbeins spüren kann.

Lamm ist sofort besänftigt, denn Marion hat die erotische Aussprache seines Namens aufs Feinste perfektioniert, und auch in den kritischsten Beziehungssituationen reicht ein kurzes, zart gehauchtes *Friedrich* aus ihren lüsternen Lippen und Lamm ist lammfromm. Marion zieht ihre Decke ein klein wenig nach unten. Ihre rechte Brustwarze liegt zur Hälfte frei, wie ein halb geschlossenes Auge. Sie weiß genau, wie sie ihren emotional stabilen und durch nichts aus der Ruhe zu bringenden Inspektor wie einen dicken, weichen Wollfaden um den Finger wickeln kann. Lamm streift mit seinen Lippen langsam über ihr halb geschlossenes Auge, bis es sich durch einen leichten Ruck an der Bettdecke zur Gänze öffnet und ihm zärtlich ins Gesicht blickt.

Marion ist noch jung und wild und ausdauernd. Lamm fällt es schwer mitzuhalten. Er sehnt sich zurück nach der Zigarette. Einmal Sex am morgen hätte ihm auch gereicht.

Doch er will sich keine Blöße geben. Er lässt sich weiter verführen, von den wollüstigen Lippen, der zarten, wärmenden Haut, den spielerischen Fingern und den vollen Brüsten.

Sie tauchen tief in den gleichmäßigen Atemrhythmus ein, der sich zunehmend an das wellenförmige Spiel ihrer Körper anpasst und er könnte seiner Freundin sicherlich noch schöne Momente bereiten, wenn nicht plötzlich dieser verbissene Ausdruck auf seinem Gesicht läge. Ein Gesichtsausdruck, der wie eine ungewollte, aufgezwungene Maske anhaftet.

Marion unterbricht. Es sei genug für heute, sagt sie, sie müssten es ja nicht erzwingen, ergänzt sie, und sie habe in sehr lieb.

Doch irgendwie legt sich eine bedrückende Schwere des Versagens über ihn, die ihn fest in die Rosshaarmatratze presst. Er möchte aufstehen, doch seine Beine bleiben gestreckt. Er gibt nach, bleibt liegen und lässt der Schwere ihre Wirkung zeigen. Wie scwere Klumpen fühlt er seine Gliedmaßen von seinem Rumpf wegstehen, und der Kopf drückt sich bereits durch bis zum Lattenrost. Dann dringt das Getöse ein, zuerst ein Rauschen, dann immer kräftiger, immer lauter werdend und von unerbittlicher Hartnäckigkeit. Es dehnt sich aus und macht sich breit in seinem Kopf, wird immer größer und größer und presst von innen gegen die Schädeldecke, um diese gewaltsam aufzubrechen. Marion setzt sich ans Bett, legt einen kalten Waschlappen auf seine Stirn und streift langsam ihren Daumen über seine Wange; doch es reicht nicht aus.

„Eine Schmerztablette!", hört sie ihn flehen, „bring mir bitte etwas gegen diese elenden Kopfschmerzen!".

Sie geht ins Bad zum Apothekerschrank, der wie ein roter Tupfen an der Wand hängt, und erfüllt ihm seinen Wunsch.

Eine Stunde Schlaf lässt ihn ausreichend erholen, und das anfangs zögerliche Öffnen seiner Augen, geht über in einen starren Blick an die nach wie vor matt vergilbte Schlafzimmerdecke.

Marion sitzt in der Küche, es riecht nach Löskaffe. Aus dem Radio schlängelt sich leise ein alter Ohrwurm, auf den er gerade gar keine Lust hat. Die zweite Lucky Strike des Tages wandert aus der Packung und hängt kurze Zeit später aus seinem rechten Mundwinkel. Aus den Polstern am Betthaupt baut er sich eine Lehne und hievt seinen trägen Oberkörper hoch.

Er überlegt. Ohne zu Rauchen hängt die Zigarette weiter aus seinem Mund. Marion blättert in der Zeitung. Das ungewohnt laute Rascheln des Papiers lässt ihn kurz an seinen Kopf erinnern.

„Lass uns rausgehen. Ich glaub ich brauch jetzt Frischluft", sagt Lamm rasch.

Marion quittiert mit einem kurzen „Gerne!" und steht sogleich auf.

Sie kommt rüber ins Schlafzimmer, reicht ihm die Hand und zieht ihn vom Bett hoch. Dann nimmt sie die Lucky Strike aus seinem Mund und legt sie auf die Packung am Nachkästchen. Er lässt sie gewähren und genießt die Fürsorge.

Friedrich Lamm schnürt sich seine Waldviertler Stiefel zu. Er streift mit den Fingern über die mondförmige Kuppe der Schuhe und zieht so eine kurze Spur durchs Rauhleder. Marion steht bereits angezogen vor der Tür. Die Wollmütze mit der Blumenquaste, der Schal hinunter bis zu den Hüften. Er hätte nie gedacht, Wollstrumpfhosen einmal so sexy zu finden.

Sie schlendern das Stiegenhaus des Genossenschaftswohnbaus hinunter. Die Sonne wirft bereits ein kräftiges Licht ins Vorhaus. Lamm fühlt sich noch etwas hohl und spürt dennoch seine schweren Schritte hart auf den Fliesenboden prallen. Marion greift nach seiner Hand. Ihre Finger schlängeln sich zart um seine. Wärme strahlt über seine Haut. An der Mitte der Handinnenfläche dringt sie in die Tiefe, durchströmt seinen Arm, breitet sich von dort im restlichen Körper aus und hüllt sein Herz in eine Mischung aus Schwermut und absoluter Glückseligkeit. Er hebt seinen Kopf und ein anmutiges Lächeln breitet sich unwillkürlich in seinem Gesicht aus. Ein Lächeln ohne Gegenwehr, ein Lächeln, das keine Gegenwehr zulassen würde; ein Lächeln aus der tiefsten Geborgenheit seiner kindlichen Seele, das von Reinheit getragen nach oben dringt und schwerelos in seinem Gesicht Platz nimmt; ein Lächeln, das keine Gegenwehr benötigt.

Marion dreht ihren Kopf in seine Richtung. Ihre Augen haben plötzlich dieses Glänzen - keine Traurigkeit, keine Angst, keine Ungewissheit. Ein mächtiges Glänzen, das Glänzen einer Königin. Sie ist seine Königin, auch wenn sie es nicht weiß.

Seine Schritte erhalten eine angenehme Leichtigkeit. Beinahe tänzelnd nimmt er die letzten Stufen hinunter und öffnet mit einer schwungvollen Handbewegung die Tür ins Freie.

Ein kleiner Luftwirbel lässt ein paar Blätter kreisen, unbemerkt. Ihr Blick ist noch immer erhaben, sie spüren den eisigen Ostwind nicht, und sie bemerken die traurige Musik nicht, die aus dem Fenster im Erdgeschoß kommt, *Sigur ros*.

„Du musst mir nichts beweisen, Lämmchen!"

Ihr Händedruck wird kräftiger und zu dem Glänzen ihrer Augen gesellt sich ein Glänzen ihrer Lippen hinzu. Sie weiß, dass sie die einzige Person ist, die ihn so nennen darf. Mit ihrer freien Hand streift sie zärtlich über die kleine Narbe an seiner linken Augenbraue.

Der Nachbar führt seinen Hund aus, ein junger Labrador, ungeduldig zerrt dieser an der Leine. Zwischen den Häuserblocks gegenüber verschwinden die Sonnenstrahlen von der Mauer des obersten Stockwerks. Ein Mann im Trainingsanzug holt die Zeitung.

„Komm! Wir gehen ein Stück", sagt Marion.

Der feste Griff um seine Hand wandelt sich in ein beständiges leichtes Ziehen. Erst jetzt bemerken sie die Kälte dieses 26. Oktobers und die Unbarmherzigkeit des Windes.

„Glaubst du es stört deine Frau, dass ich zwölf Jahre jünger bin als du?", fragt Marion etwas unsicher.

„Ich weiß nicht, ob es Sarah stören kann, wenn sie bereits tot ist", antwortet Lamm.

„Sie war jedenfalls immer sehr bemüht um mich. Sie wollte immer, dass es mir gut geht. Manchmal hatte ich sogar den Eindruck, sie opfert sich für ein anderes Leben, um bewusst von ihrem eigenen Leben abzulenken. Meines Erachtens etwas zu selbstlos, wenn es Selbstlosigkeit ohne Eigennutzen überhaupt gibt".

Lamm erschrickt kurz über die kühle Distanz, mit der er über seine verstorbene Frau spricht.

Marion schmiegt sich an seine Seite während sie ihm den Arm um die Hüfte schlingt.

„Du hast mir nie erzählt woran deine Frau gestorben ist".

„Es schien mir bisher auch nicht wichtig", erwidert er, „nicht wichtig für uns".

Dann beginnt Lamm zu erzählen:

„Es war wenige Monate nach unserer Hochzeit. Wir hofften eigentlich schon auf die ersten Zeichen unseres Nachwuchses und es schien auch bald so zu kommen. Doch dann war diese eigenartige Blutung. Frühabort war unsere erste Vermutung, doch es blutete immer wieder und wieder.

Dann hörten wir statt der erhofften Schwangerschaft, dass es Gebärmutterkrebs war, und wie immer bei so jungen Frauen, äußerst aggressiv. Du kannst dir vorstellen, dass für uns mehr als nur eine Welt zusammenbrach, unsere Welt, unsere gemeinsame Zukunft, unser gesamtes Lebenskonzept und Daseinskonzept. Alles brach auseinander, krachte zusammen in einem implosionsartigen, zerstörerischen Untergang in alle Einzelteile unserer jungen Liebe.

Es ging sehr rasch. Die Operation war gerade einmal überstanden, als schon die erste Chemotherapie begann, und nachdem sich Sarah leidlich von dieser erholt hatte, begann bereits die nächste Behandlung. Alles medizinische Bemühen konnte nichts daran ändern, dass sich bald Tochtergeschwülste bildeten, in den Lymphknoten, im Knochen, im Gehirn und zuletzt im gesamten Bauchraum. Sie wurde stets schwächer und verlor Kilo um Kilo. Lediglich ihr Bauch wuchs zusehends, vom ständig zunehmenden Bauchwasser. Die Punktionen brachten nur kurzfristige Erleichterung.

Durch den Kleinhirnbefall stellte sich ein unbändiger Schwindel ein, und eine erbärmlich hartnäckige Übelkeit kam dazu. Sie habe sich ihre Schwangerschaft auch anders vorgestellt, meinte Sarah noch und griff sich auf den aufgetriebenen Bauch. Ich konnte mir nicht erklären, wie sie in diesem Zustand der absoluten Trostlosigkeit, auch nur einen Funken Humor bewahren konnte und ich hatte ständig damit zu tun, meine Tränen in Zaum zu halten.

Die letzten zwei Wochen verbrachten wir in Betreuung auf einer Palliativstation. Es war für mich ein Segen, dass zu dieser Zeit Hubmann gerade einen Teil seiner Ausbildung an dieser absolvierte. Wir kannten einander schon aus der Volksschulzeit, und er war eine unglaublich treue und hilfreiche Stütze für mich. Du kannst dir nicht vorstellen, wie leer und verlassen ich mir vorkam, als alles um mich herum zusammenbrach und in Trümmern verstreut lag, und ich nicht den Hauch einer Regung in mir verspürte, auch nur einen dieser Brocken beiseite zu räumen."

Lamm zieht die Schultern hoch und presst sein Kinn an die Brust. Als müsste er sich aus einer tiefen inneren Verkrampfung befreien, holt er tief Luft und hebt den Kopf wieder an.

„Ich wollte einfach nur bei meiner Frau sein", setzte er rasch fort.

„Es gab Zeiten, da konnte ich ihre Hand für keine Sekunde loslassen. Ich hoffte, die Metastasen würden so auf mich überspringen, mir ebenso den Leib auftreiben, den Bauch zum Platzen bringen, mein Kleinhirn zerfressen und Sarah und ich könnten uns, von diesem unbarmherzigen Schwindel angetrieben, gemeinsam in eine andere Welt drehen."

Er breitet seine Arme zur Seite, wie Adlerschwingen, und beginnt sich ein paar Mal im Kreis zu drehen. Träge legt er seine Arme wieder an den Körper und sucht halt bei Marion. Langsam spricht Lamm weiter.

„Wäre Hubmann nicht gewesen, es gäbe mich auch nicht mehr.

Ich war fixiert vom Tod, vom Sterben, der Gedanke an ein vernünftiges Weiterleben schien mir in eine unwiederbringliche Ferne abgerückt.

Sarah starb an einem leuchtend frohen Herbsttag. Sie liebte den Herbst. Es ist jetzt drei Jahre aus. Sarah starb alleine. Keine Minute hatte ich mich die letzten Stunden vor ihrem Tod abgewandt, hatte es nicht gewagt, sie auch nur für einen kurzen Moment aus den Augen zu lassen. Dann ein lächerlicher Gang zur Toilette. Als ich zurückkam, war sie bereits in dem tiefen, ewig pulslosen Schlaf versunken, der so schön war, sie so zart eingehüllt hatte, dass sie ihn nicht mehr verlassen wollte.

Sie wollte alleine Sterben, tröstete mich die Palliativschwester.

Zuerst war ich entsetzt, ich war den letzten Augenblick unseres gemeinsamen Lebens nicht bei ihr gewesen, konnte den letzten Atemzug nicht mit ihr teilen, doch dann wurde es mir bewusst, *sie* hatte es so entschieden.

Die ersten Wochen der Trauer waren wie eine Ewigkeit, schier nicht enden wollend. Alles drehte sich nur um das Eine, das Einzige, das mir wichtig erschien – dem Vergessen keine Chance zu geben, ihm keine Möglichkeit einzuräumen, mir auch nur die kleinste Erinnerung an meine Frau zu nehmen. Und nun verfliegt die Zeit, als wenn nie etwas anders gewesen wäre. Manchmal bin ich mir noch unsicher, ob ich das Vergessen einfach so zulassen darf, aber es scheint der einzig heilsame Mechanismus zu sein, der ein Weiterexistieren möglich macht".

Sie sind bereits in den nahe gelegenen Wald eingetaucht, als plötzlich ein unpassendes Geräusch irritiert.

„Hast du den Wecker gestellt?", fragt Marion.

„Nein, das ist der Klingelton für unwillkommene Anrufe", antwortet Lamm und fuchtelt sein Handy aus der Jackentasche.

Er schaut aufs Display und verdreht die Augen.

„Es ist Ferdi", flüstert er ihr zu, obwohl niemand in der Nähe ist, der ihn hören könnte.

Dann wischt er mit dem Zeigefinger ein paar Mal über den Touchscreen, flucht irgendetwas von verflixter Technik und hebt endlich ab.

„Ja, Ferdinand, ich bin es. Nein, du störst nicht, also eigentlich, ja, du störst, aber du weißt, dass du immer stören darfst, jetzt zumindest noch".

Ferdinand Helm, sein Neffe, der Sohn seines um zehn Jahre älteren Bruders, seines Zeichens hoch engagierter Postenkommandant in Vöcklabruck. Sein Bruder, der den Familiennamen nicht fortführen wollte. Der Sohn noch etwas tollpatschig und unbeholfen, bei seinen ersten Gehversuchen als selbstständiger

Polizist. Lamm hat seinem Bruder versprochen, Ferdinand in der ersten Zeit, noch unter die Arme zu greifen und noch hilfreich beiseite zu stehen.

„*Was* ist passiert, Ferdi? *Was* erzählst du da von schwebenden Stiefeln? Na das fängt ja schon gut an. Du wirst wohl hoffentlich nicht zu den Polizisten gehören, die solche Unglückssachen magisch anziehen, gleich bei den ersten Diensten!"

Er wirft einen entschuldigenden Blick zu Marion, die gerade gelangweilt mit ihren Schuhen kleine Kreise in den Schotterweg zieht.

„Ja, ich fahr mit dir hin. Ich bin gerade in Wolfsegg. Am besten du wartest direkt vorm Revier in Ottnang. Ich hole dich gleich ab. Fünf Minuten, dann bin ich bei dir".

Er drückt verkrampft am Display herum und steckt sein Handy mürrisch zurück in die Jackentasche.

„Wirft er schon die Nerven weg, dein Neffe?", grinst ihn Marion schelmisch an.

„Es hat sich jemand erhängt, in Obermühlau."

Marions Langeweile verfliegt sofort und sie schaut ihn völlig erstarrt an.

„Niemand von deiner Verwandtschaft", beruhigt Lamm sie sogleich.

„Wer ist es?", bohrt sie nach.

„Das kann ich dir nicht verraten, du weißt schon, Berufsgeheimnis".

„Ob ich es von dir erfahre, oder vom Dorfgetratsche ist auch schon egal".

Lamm bleibt konsequent.

„Du wirst es vom Dorfgetratsche erfahren, ich muss jetzt los, Ferdis Stimme klang ziemlich nervös, ich will ihn nicht lange warten lassen. Ich melde mich später bei dir, meine Königin".

„Königin?"

Marion sieht ihn skeptisch und leicht beleidigt an. Sie ist immer etwas enttäuscht, wenn er eine so strikte Linie zwischen Beruf und Privatleben zieht, andererseits hat sie dafür Verständnis und erkennt den schützenden Charakter hinter dieser Haltung.

e-l-f

Der Wagen schiebt in Bruckmühl behäbig und schwer um die Kurve, als würde er seinen wachsenden Widerstand spüren, vorbei an der kleinen Tankstelle, weiter Richtung Obermühlau. Die immer stärker keimende Unruhe gräbt sich durch seinen Magen und drängt vehement nach oben. Er muss an einem der kleinen Feldwege anhalten, von denen sich eine Spur aus Mist und Erde bis auf die Straße zieht. Gerade rechtzeitig kann er das Auto noch verlassen. Schwallartig entleert sich sein Mageninhalt am Rande des Feldes über abgehäckselte Maisähren, die wie Bartstoppeln eines vergrabenen Riesen aus der Erde hervorstechen. Es muss ein Ende nehmen. Nach vierunddreißig Jahren muss es jetzt endlich ein Ende nehmen. Er kann die Last nicht mehr länger ertragen. Egal was es koste, oder egal was es bewirke, aber es muss ein Ende nehmen, nach vierunddreißig langen Jahren muss es jetzt endlich ein Ende nehmen.

Kurz überlegt er, eine Weile den Feldweg entlang zu schlendern. Er sieht sich immer weiter und weiter gehen. Seine Füße tragen ihn immer weiter fort, weit weg von seinem Ich und weit weg von seinem Jetzt, fort in ein neues Leben, fort in einen gleißenden Sonnenaufgang, dessen Strahlen tief in sein Herz dringen und es wärmen und vorbereiten auf die Chance eines Neubeginns.

Ein Lächeln legt sich auf sein Gesicht, kurzweilig; dann keimt Unruhe auf. Die Gestalt in der Ferne, am Ende des Feldweges, er selbst, er lässt sich nicht aus den Augen, die Schritte werden länger, beginnen sich zu lösen von der Eintracht dieses Moments; er sieht sich immer schneller und schneller Laufen, unter ihm die Spuren im lehmigen Boden, Spuren in die er schon hunderte Male getreten ist, in denen er immer wieder den gleichen Abdruck seiner Schuhsohlen erkannt hat, ohne auch nur eine winzige Veränderung; eine ewige Wiederholung aus der es kein Entrinnen zu geben scheint. Er sieht auch, wie sich die Sonne nach und nach verfinstert, sich ihrer ureigensten Aufgabe, Licht und Wärme zu spenden, entzieht, wie ihm die Kälte die Kraft aus den Beinen zerrt und ihn die Dunkelheit schonungslos in die Knie zwingt. So betrachtet er sich selbst nun in der Ferne, am Ende dieses Feldweges. Als Schattengestalt zusammengekauert auf den Knien schmachtend, beraubt von jedweder Hoffnung auf einen Neuanfang. Was bleibt, ist der säuerliche Geschmack des Erbrochenen.

Er spült sich den Mund mit Wasser aus, entleert noch seine Blase und steigt wieder ins Auto. Nur noch wenige hundert Meter, dann kommt schon die Ortstafel von Obermühlau, sein Ziel, der Kerblerhof ist zwischen den vorgelagerten Obstbaumreihen schon zu sehen. Ehe er aussteigt, wird er noch eine Beruhigungstablette einnehmen, heute schon die Dritte – es muss aufhören. Es gibt hier kein Verständnis, kein Verständnis für ihn - aber vielleicht den Versuch des Verstehens?

Zwei, drei Abzweigungen und er hält vor dem Bauernhaus an. Ein altes Backsteingebäude mit kleinen Fenstern in abgeschlagenen, von der Witterung spröden, weiß lasierten Holzrahmen und verdorrtem Blumenschmuck davor. Es sieht aus wie in seiner Vergangenheit. Er wischt die Mischung aus Staub und Hautschuppen vom Querbalken des Lenkrads, während er durch die Windschutzscheibe aufs Haus starrt. Seine Nervosität nimmt stetig zu. Dann steigt er aus. Seine Füße tasten sich zögerlich voran. Er spürt den Schweiß in den Schuhen. Ein leichtes Brennen auf den Fußsohlen bringt zusätzliches Unbehagen.

Es sind nur wenige Schritte bis in den Hof. Er kann den alten Kerbler bereits sehen. Hitze steigt aus seinem Bauch hoch und umklammert sein glühendes Herz, ein Fegefeuer aus lodernden Gedanken brennt sich in seine Handflächen und Fußsohlen. Ein Hahn kräht belanglos, er presst seine Augen zusammen. Es ist alles anders, ganz anders, als er es sich vorgestellt hatte. Dutzende Male hatte er sich alle möglichen Situationen durch den Kopf gehen lassen – den Franz Kerbler, den Thomas, die Franziska, aber es ist anders, jetzt ist alles ganz anders. Der Mut beginnt ihn zu verlassen, noch bevor er ihn richtig zu fassen bekam.

Der Kerbler Franz schaut verwundert zu ihm, er kommt näher, oder nähert er sich selbst dem Kerbler? Dessen Blick wirkt bedrohlich und ist doch nur fragend.

Er grüßt, nicht freundlich und auch nicht anders. Sein Blick zwängt ihn in Verlegenheit. Er grüßt zurück, aber ihm fehlen die weiteren Worte. All die klugen Worte, die er sich mühevoll vorbereitet hatte, die er sich zu Hause immer und immer wieder vorsagte, um keinesfalls in dieser nun so wichtigen Situation zu versagen. All die klugen Worte auf vollgeschmierten Notizzetteln, die zusammengeknüllt nach und nach den Papierkorb seines Arbeitszimmers zum übergehen brachten. Nichts kommt aus seiner Kehle, nichts kann aus seinem Mund heraus. Die Buchstaben verheddern sich zwischen seinen gepressten Stimmbändern und ersticken jämmerlich im luftleeren Raum dazwischen.

Ein paar Alltagsfloskeln poltern hilflos hervor, dann Stammeln, Grunzen und zuletzt nur noch ein dämliches Grinsen. Er versucht die Situation mit einem dämlichen Grinsen zu retten. Ein Grinsen, das sich auf seinem Gesicht festsetzt, wie eine Zecke. Eine Zecke, die nach langem Dürsten endlich ihren Wirt gefunden hat. Er muss es herunterzerren von seinem Gesicht, mühselig muss er dieses dämliche Grinsen herunterzerren, doch es ist zu spät. Die Situation ist ihm längst entglitten, hat sich in einen viel zu realen Alptraum verwandelt, der um ihn herum torkelt in höhnischem Gelächter, und dann augenblicklich erstarrt.

Der Hahn ist verstummt und auch sonst scheint sich eine unheimliche Stille, wie ein Tuch das jedes Geräusch abdämpft, über den Hof zu legen. Kein Geräusch, ein leeres Gefäß, aus dem das letzte Wort schon lange ausgeleert wurde.

Im Gesicht vom Kerbler Franz ist nur noch Entsetzen zu erkennen. Mit weit aufgerissenen Augen und halboffenem Mund starrt er ihn an. Ein Starren von entsetzlicher Kälte und durchbohrender Kraft.

Hat er es durchschaut?

Wird er auf ihn lostürmen?

Werden sich die kräftigen Hände des Bauern um seinen Hals klammern?

Wird ihm in diesem Schraubstock die Luft wegbleiben?

Er wird sich rächen, bestimmt, doch er nähert sich keinen Schritt. Bewegungslos steht er als alternder Baum in seinem eigenen Hof. Die Wurzeln graben sich aus seinen Beinen tief in den lehmigen Boden hinein. Seine Augen sind noch immer weit aufgerissen, als könnte er diesem Moment nicht entkommen. Gefangen in der eigenen Mimik. Alsbald löst er sich aus dieser absoluten Starre, wendet sich um, reißt die Wurzeln mit einem einzigen kräftigen Ruck aus ihrer Verankerung und stapft quer über den Hof ins Haus - ohne sich noch einmal nach ihm umzusehen.

Wie kann er die Situation jetzt noch retten? Kann er sie überhaupt noch retten? Nein – es ist zu spät. Es ist alles anders; so hat er es sich nicht vorgestellt. Es sollte doch endlich ein Ende nehmen, ein Ende nehmen, endlich.

Der Hof befremdet ihn, macht ihm Angst, unbändige Angst. Er muss hier weg, das gehört alles nicht zu ihm, nicht der Kerblerhof, und nicht Obermühlau. Das ist nicht seine Heimat, Heimat fühlt sich anders an, Heimat schneidet keine Wunden ins Herz.

Er eilt zurück zum Auto, die Schlüssel bereits in der Hand kommt er zu Sturz. Ein Sturz in den Dreck der Vergangenheit. Seine Hand blutet, aufgeschunden an einem kleinen Stein zwischen modrigem Laub; ein zartes rotes Rinnsal. Er öffnet den Kofferraum. Aus dem Verbandskasten kramt er ein Pflaster und klebt es auf die Stelle, an der das Blut austritt. Die Handfläche ist noch zu nass, das Pflaster hält nicht. Er wirft es auf den Boden, trocknet die Hand mit einem Stofftaschentuch ab und klebt ein neues Pflaster auf die Wunde.

Endlich kann er ins Auto einsteigen. Er startet den Motor und verlässt diesen traurigen Ort. Tief neigen sich die Äste des doppelstämmigen Nussbaums, der die Ausfahrt bewacht, über die Strasse, auf der sich dutzende Traktorspuren übereinander stapeln. Schnell fährt er weiter. Eine greise Frau schaut aus einem der Küchenfenster vom nächstgelegenen Hof; es könnte die alte Furtbäuerin sein.

Die Neugierde lässt ihn noch einmal in den Rückspiegel blicken. Da steht der alte Kerbler genau an der Stelle, an der eben noch sein Auto parkte. Er muss noch mal vom Haus herausgekommen sein. Wollte er noch einmal ein Gespräch mit ihm suchen? Der Kerbler bückt sich zu Boden, als würde er etwas aufheben. Er kann seine Gestalt kaum mehr erkennen, sie verschwimmt im Rückspiegel. Es folgt kein weiterer Blick zurück – nein, es ändert nichts.

z-w-ö-l-f

Ferdinand steht schon bereit, korrekt uniformiert, vor dem frisch polierten silberblauen Polizeiauto, als Lamm mit dem Wagen am Parkplatz der Raiffeisenbank Ottnang, in der sich auch das Polizeirevier befindet, vorfährt. Der Himmel trägt ein lose getupftes Wolkenkleid und die Restwärme der tief stehenden Sonne wird vom strengen Ostwind weggeblasen. Vereinzelt wirbeln Blätter durch die Luft. Ein buntes Karussell aus Herbstfarben. Ferdinand hat den Kragen hochgestellt. Er wippt auf seinen Beinen hin und her, die Hände tief in den Hosentaschen vergraben. Die Kälte zeichnet ihm rotfarbene Wangen ins Gesicht - wie einem Opfer der Schwindsucht vergangener Zeiten. Lamm steigt an der Fahrerseite des Streifenwagens ein.

„Hast du Hubman schon angerufen", fragt er gleich.

„Hubmann? Wieso Hubman?". Ferdinand reibt sich die vor Kälte erstarrten Hände.

„Weil er der diensthabende Sprengelarzt ist und die Totenbeschau durchführen muss".

„Ach so, natürlich, die Totenbeschau, soll ich…".

„Ich rufe ihn schon an! Aber häng mir bitte keinen Strafzettel wegen Telefonierens am Steuer an".

Lamm löst die Handbremse und fährt los.

Ein zögerliches und verstörtes Lächeln durchbricht nur langsam Ferdinands erschrockenes Gesicht. Nervös und teils geistesabwesend lauscht er dem Te-

lefongespräch seines Onkels. Er nimmt nur Bruchstücke wahr, wie:
„wo bist du…, aha, Holzleithen…"
„das passt gut, du kannst gleich zurückfahren nach Obermühlau";
und:
„da hat sich einer aufgehängt…",
„ja der Kerbler anscheinend…",
„nein, nicht der Alte, Thomas Kerbler…, also bis gleich".

Lamm legt sein Handy in die Mittelkonsole und wirft seinem Neffen einen aufmunternden Blick zu. Der Streifenwagen wirkt wie ein neu gekauftes Spielzeugauto. Ferdinand erwärmt sich nur langsam, denn seine innere Überspanntheit weist widerspenstig die Anstrengungen der Fahrzeugheizung für eine angenehme Körpertemperatur ab.
„Thomas Kerbler, jammerschade…", hört er seinen Onkel neben sich sagen.

d-r-e-i-z-e-h-n

Gregor Hubmann legt sein Bereitschaftshandy neben die einbandagierten Beine des alten Mannes auf den niedrigen Couchtisch im Wohnzimmer. Er hätte nicht damit gerechnet, heute noch so einen turbulenten Dienst zu erleben. Er sah sich eigentlich schon wieder am Heimweg und zu Hause - am späteren Abend - mit einem Glas Rotwein gemütlich im Lehnstuhl sitzen. Doch jetzt muss er noch nach Obermühlau. Ein Erhängter, hatte Lamm am Telefon gesagt. Thomas Kerbler. Er versucht sich zu erinnern.

Plötzlich spürt er die Finger des Alten um sein Handgelenk. Der Mann hat bis jetzt kein einziges Wort von sich gegeben. Er deutet Hubmann näher zu rücken. Er zieht ihn ganz nah an sein Gesicht heran und neigt seinen Kopf zu seinem Ohr. Hubmann spürt die Bartstoppeln des Mannes an seiner Wange kratzen. Der Mann atmet schwer. Ein fahler süßlicher Geruch dringt in Hubmanns Nase. Er hält die Luft an. Als hätten die Stimmbänder des Alten schon vor langer Zeit die Arbeit aufgegeben zischt es leise aus seinem Mund.

„Sie haben vermutlich noch nie von mir gehört", sagt er.

„Mein Name ist Wilhelm Moser, aber das tut jetzt nichts zur Sache".

Hubmann versucht seine Wange zu lösen, doch der Alte lässt nicht locker.

„Die Dinge sind nicht immer wie sie scheinen", setzt er fort, wobei sich das Zischen allmählich in eine brüchige Stimme verwandelt.

„Das war schon in der Vergangenheit so und gilt auch für die Zukunft. Mehr wollte ich ihnen gar nicht sagen".

Hubmann hält noch immer die Luft an. Er sortiert die Worte des Alten in seinem Kopf.

„Was machst du denn mit dem Herrn Doktor, Wilhelm?", hört er die Frau des Alten von hinten.

„Du weißt doch, dass du die Menschen nicht verunsichern sollst, Wilhelm. Es ist schon genug passiert!"

Die Frau blickt ihn auffordernd an, doch der Alte lässt sich nicht abbringen.

„Denken sie daran", wiederholt er eindringlich, „die Dinge sind nicht immer so wie sie scheinen!".

Dann löst er die Umklammerung seiner Finger von Hubmanns Handgelenk und zieht seinen Kopf wieder zurück. Der abgestanden süßliche Geruch verschwindet aus seiner Nase. Er atmet tief durch.

Hubmann starrt verwirrt in den Raum. Die Konturen des Alten verschwimmen vor seinem Gesicht. Der alte Einbauschrank mit der geräumigen Aussparung für den Fernseher erinnert ihn an eine längst vergangene Zeit. Die Kuckucksuhr an der Wand scheint ein Original aus dem Schwarzwald zu sein. Ein vertrautes Gefühl schwindelt sich ein. Er blickt der Frau, die inzwischen ihr Kopftuch abgelegt hat, ernst ins Gesicht.

„Sie rufen mich morgen an, wie es ihrem Mann mit der Luft geht, und falls seine Beschwerden wider Erwarten in der heutigen Nacht schlechter werden sollten, holen sie die Rettung und lassen ihn ins Krankenhaus bringen. Einen Überweisungsschein lege ich ihnen zur Sicherheit gleich hierher".

Er schiebt ihr den Zettel über den Tisch. Die Frau nimmt ihn gleich hoch und betrachtet das Papier nickend; sie sorgt sich immer noch um ihren Mann. Mit verklärtem Blick drückt sie Hubmann dankend die Hand.

„Ich muss jetzt weiter", sagt er beim Hinausgehen, „nach Obermühlau, alles Gute!".

Er dreht nochmals um, holt sein Handy vom Couchtisch, wirft einen letzten Blick auf die bandagierten Beine, den Einbauschrank und das aufgedunsene Gesicht des Mannes, schaudert kurz wegen der vielen, kleinen Adern auf der großen, zerfurchten Nase, die sich unterhalb der dunkelgrauen Augenringe hervorschiebt und verlässt mit erhobener Hand das Haus. Beim Ausparken sieht er die Frau am Küchenfenster stehen, ihr Gesichtsausdruck wirkt etwas zuversichtlicher.

Das E.S.T. (Esbjörn Svenson Trio) begleitet ihn wieder auf dem kurzen Weg nach Obermühlau. Er grübelt über Lamms Anruf nach.

„Warum müssen manche Menschen so jung sterben?", denkt er.

Sarah, Lamms verstorbene Frau, kommt ihm in den Sinn und die Zeit, als er die beiden auf der Palliativstation mitbetreute. Er kann sich noch genau an den Moment erinnern, als er Lamm am Boden sitzend, neben dem Bett seiner Frau vorgefunden hatte, mit der Rasierklinge in der Hand und drei schmalen roten Blutstreifen, durch das Proberitzen über der Pulsader am Handgelenk. Es war die intensivste und gesprächsreichste Zeit, an die er sich mit Lamm erinnern kann. Sarah war zu diesem Zeitpunkt schon weit weg, auch wenn ihr gepeinigter Köper noch anwesend war.

Holzleithen liegt bereits einige hundert Meter hinter ihm. Vor ihm breitet sich das Alpenvorland aus. Die mächtigen Bergzüge dahinter verschwimmen in einem blassen Dunst am Horizont. Wenn er sein nächstes Ziel erreicht hat, wird die Sonne nur noch für wenige Stunden im Ort verweilen, bevor sie hinter dem schmalen Ausläufer des Hausruckwaldes verschwindet, der Obermühlau von Zell am Pettenfirst trennt. Wie ein Scherenschnittmuster heben sich die Wipfel der hoch gewachsenen Fichten vom spätherbstlichen Blau des Himmels ab. Wolkenschatten ziehen mit ihren unscharfen Rändern über die Felder und hinterlassen auf der Landschaft einen verzerrten Abdruck. Das jetzt ist dominiert vom E.S.T.

Er kommt zum Kerblerhof. Die alten Mauern der heimischen Bauernhöfe lassen ihn immer ehrfürchtig inne halten. Er schaut sich nach einer geeigneten Parkmöglichkeit um, um nicht mit seinem Wagen irgendeine Stallausfahrt oder einen Maschinenschuppen zu verstellen. Mit Bauernhöfen verbindet er die Eigenart, dass sich zwar zumeist viel Platz im Hof oder zwischen den Gebäuden findet, aber man dennoch nie weiß, wo eine günstige Stelle ist, um als Besucher sein Auto zu parken, ohne im Weg zu stehen. Da sieht er erleichtert, dass Friedrich Lamm auch schon da ist und sein Neffe, Helm Ferdinand, der aussieht wie ein Fünfjähriger, der zum ersten Mal mit der Geisterbahn gefahren ist. Ob es wohl der richtige Beruf für den jungen Mann ist? Er weiß, dass Ferdinands Vater Postenkommandant in Vöcklabruck ist, aber Familientraditionen haben nicht immer nur Vorteile. Er parkt sein Auto direkt neben Lamm und schaut zu den Anderen. In der Mitte des Hofes halten sich in Summe drei Personen auf, die sich gerade intensiv unterhalten. Gegenüber von den beiden Polizisten steht eine Frau mit dem Rücken zu ihm; es ist Anna Kerbler. Sie hat sich kaum verändert, denkt Hubmann, aus der Ferne zumindest. Die breitbeinige Art dazustehen, das Verschränken der Arme, der geflochtene, hochgesteckte Zopf an Feiertagen. Er kennt sie noch von der Landjugendzeit. Sie war nie sein Typ, aber sie hatte dennoch immer etwas unvermutet Reizvolles an sich. Er versucht ein leises Schließen der Autotür und nähert sich der Gruppe. Er weiß, dass er sich das Kondolieren sparen kann.

„Hallo Anna", unterbricht er die Gruppe.

„Friedrich hat mich gleich verständigt. Ich bin heute der diensthabende Bereitschaftsarzt".

Er hält ihr die Hand zum Gruß hin.

„Ich hatte gehofft deinem Bruder auf eine andere Weise wieder begegnen zu können, aber ich werde die Totenbeschau durchführen müssen".

Anna, die es als einzige in der Gruppe schafft, ihren Blick nicht zu Boden zu richten, zwingt sich ein verbissenes Lächeln ab und streckt ihm ebenfalls die Hand entgegen.

„Hallo Gregor!", sagt sie.

„Wir haben uns schon lange nicht mehr gesehen".

In ihrem tränenverschmierten Gesicht bildet sich ein bizarres Konstrukt aus versuchter Freundlichkeit und unfassbarer Trauer.

„Wo ist dein Bruder?", versucht Hubmann die Situation zu verkürzen, während er ihre kalte Hand spürt.

Sie zittert.

Anna wendet sich um, löst die Hand und streckt den Arm in Richtung der alten Holzscheune, die den Hof an der Nordostseite begrenzt.

„Im Schuppen, bei den Hühnern", weint sie, „er ist im Schuppen".

„Danke, Anna", erwidert Hubmann, „du wartest am besten im Haus, bis wir wiederkommen".

Anna schüttelt abwehrend den Kopf und wischt mit dem Handrücken die nassen Augen ab.

„Ich warte hier draußen, ich kann jetzt nicht ins Haus".

Lamm rückt ein Stückchen näher zu Hubmann.

„Danke, dass du so schnell gekommen bist, Gregor, ich glaube wir können deine Unterstützung jetzt gut gebrauchen".

„Es war nicht weit von Holzleithen, allerdings hatte ich eine äußerst eigenartige Begegnung!", sagt Hubmann.

Er versucht sich an die Worte des Alten Mannes zu erinnern.

„Eine eigenartige Begegnung?", wiederholt Lamm.

„Dann warst du bestimmt beim alten Moser, dem Todesengel".

„Dem Todesengel? Wieso Todesengel?", fragt Hubmann.

„Du kennst die alte Geschichte nicht?" Lamm schüttelt den Kopf. „Die erzählt sich hier doch jedes Kind!".

„Du glaubst doch wohl dieses dämliche Märchen nicht", wirft Anna Kerbler jetzt verärgert ein. Sie wischt sich erneut Tränen aus dem Gesicht.

„Und außerdem finde ich es absolut unpassend, dass du gerade jetzt von diesem Todesengel anfängst".

„Tut mir Leid, Anna", entschuldigt sich Lamm, „diese Geschichte ist jetzt wirklich fehl am Platz".

Dann wendet er sich wieder Hubmann zu und flüstert leise.

„Ich erzähle es dir ein andermal, Gregor, lass mich auf keinen Fall vergessen. Es gibt immer wieder eigenartig spannende Dinge zu erzählen, egal was die Leute davon halten mögen".

Die Sonne verliert ihre Strahlen über den alten Gebäuden. Lamm, dessen Neffe Ferdinand und Hubmann ziehen sogleich ihre Spuren durch den Hof, dorthin, wo das Gackern der Hühner am lautesten ist. Die Tür des Schuppens ist halb offen, ein schwaches Licht dringt heraus. Lamm zwinkert seinem Neffen Mut einflößend zu und klopft ihm auf die Schultern. Sie gehen hinein.

Das dämmrige Licht der schwachen Glühbirne, die im vorderen Bereich des Schuppens von der Decke hängt, bringt eine eigenartige Stimmung. Hubmann schaut zu den Anderen. Ferdinand scheint schon wieder Geisterbahn zu fahren und Lamm mimt den betont coolen Polizisten; wobei er sich auffällig oft an die Stirne greift und dabei kurz die Augen zupresst, als plage ihn ein lästiger Kopfschmerz.

Im Schuppen schwirren feinste Heu- und Strohpartikel durch die Luft, wie ein Mückenschwarm, der in der ausklingenden Wärme eines Juliabends über einer Regenpfütze tanzt, die vom Gewitter des frühen Nachmittags übrig geblieben ist. Hubmann begrüßt die Leiche gleich mit einem heftigen Niesanfall.

„Man sollte meinen, als Arzt hast du deine Allergie unter Kontrolle?", lästert Lamm mit einem breiten Grinsen und reicht ihm ein Taschentuch.

„Dir wird das Grinsen schon noch vergehen", denkt Hubmann und schaut zum hängenden Kerbler.

„Typisches Erhängen, das ist schlecht", murmelt er vor sich hin.

Er mustert den Schuppen, nichts außergewöhnliches. Unmengen an verstreuten Hühnerfedern, zwei kleine Dachfenster, die kaum Tageslicht bringen. Die dunkel gestrichenen Holzbalken, jede Menge Heu und ein paar Ballen Stroh. Etliche Hühnerkäfige, die Mistgabel in der Ecke und in der Mitte der Kerbler. Daneben liegt umgefallen ein Stuhl, von dem der weiße Lack schon nahezu gänzlich abgebröckelt ist. Er muss plötzlich wieder an den alten Mann aus Holzleithen denken. Wilhelm Moser.

„Die Dinge sind nicht so, wie sie scheinen", hatte er gesagt.

Wie Recht er damit hat!

Aber warum musste er gerade ihm diesen Satz sagen?

Wusste er etwa bereits, der nächste Einsatz würde ihn zum verstorbenen Kerbler führen?

Wusste er auch, dass an dem Toten etwas ungewöhnlich war?

Er sieht den Alten jetzt genau vor sich. Das aufgedunsene Gesicht, die Knollennase mit den vielen Äderchen. Die kleinen, traurigen Augen, die gekränkt aber weise im Verborgenen liegen.

Warum hat Lamm diesen Mann als `Todesengel´ bezeichnet?

Und warum kümmert sich seine Frau so fürsorglich um ihn?

Es kitzelt Hubmann noch immer in der Nase und er spürt ein leichtes Kratzen am Gaumen. Er stellt sich ganz Nahe vor die Leiche. Die Augen stehen offen. Er hebt den alten Sessel auf, stellt ihn direkt vor den Toten, klettert hinauf und schaut dem Leichnam tief in die Augen, als wolle er ihn hypnotisieren. Thomas Kerbler hat ein blau aufgedunsenes Gesicht, als leide er an einer schweren Atemerkrankung, die ihm zuletzt mangels Bewegung noch zwanzig Kilo aufgezwängt hatte.

„Er wird dir nicht mehr viel erzählen, wenn er so da hängt", lästert Lamm schon wieder.

Hubmann lässt sich nicht ablenken. Er schaut dem Toten weiter tief in die Augen.

„Ekchymosen", murmelt er, „eindeutig Ekchymosen".

„Sollen wir ihn mal da runter holen?", hört er Lamm weiterreden, der noch immer grinst, als würde ihm die Situation nichts anderes erlauben.

Hubmann kratzt sich an der Stirn, die er zu einem Faltenkamm hochzieht.

„Typisches Erhängen!", sagt er jetzt laut, und dreht sich zu den beiden anderen um; und dann ergänzt er mit betont ernster Stimme.

„Das ist schlecht!"

Er erntet verständnislose Blicke, wobei er nicht sicher ist, ob sich Ferdinand Helms Mimik in der letzten viertel Stunde überhaupt in irgendeiner Weise geändert hat.

„Du kannst schon mal die Spurensicherung verständigen!", wendet er sich an Lamm, während er mit zufriedenem Gesichtsausdruck vom Sessel steigt.

Dieser sieht ihn fassungslos an.

„Typisches Erhängen klingt für mich doch wunderbar!", entgegnet Lamm.

„Was soll ich da mit der Spurensicherung?".

„Deine Ausbildungszeit ist wohl auch schon lange her?", stichelt Hubmann jetzt zurück.

„Er wurde entweder erdrosselt oder erwürgt, vermutlich aber erwürgt".

Hubmann wischt sich mit dem bereits völlig zerknüllten Taschentuch über die Nase und steckt es anschließend in die Hosentasche.

„Ich habe ja gewusst, dass ihm das Lachen vergehen wird", schmunzelt er in sich hinein, als sich Lamms Grinsen endlich zu einem doofen Starren verändert. Doch die zunehmende Entgeisterung seines Freundes bringt ihn zur Räson und er beginnt bereitwillig zu erläutern.

„Also gut, Friedrich, ich erkläre es dir!"

Mit einem tiefen Atemzug legt er los.

„Von typischem Erhängen spricht man, wenn sich der Knoten des Strangs im Bereich des Hinterkopfs befindet und der Körper frei hängt, also keinen Kontakt zum Boden hat. Atypisches Erhängen bedeutet, dass sich der Knoten irgendwo anders befindet, wie zum Beispiel seitlich neben dem Ohr, oder dass die Füße noch den Boden berühren. Der Haken beziehungsweise der Knoten an der Geschichte ist nur, dass man bei Selbstmord viel häufiger atypisches Erhängen findet, und typisches Erhängen ein Indiz für einen vorgetäuschten Suizid sein kann. Dazu passen die feinen Blutungen in seinen Augenbindehäuten. Man nennt sie Ekchymosen. Diese sprechen für Erdrosseln oder Erwürgen, ebenso das auffällig aufgedunsene Gesicht".

Lamm starrt ihn ungläubig an.

„Gerichtsmedizin war die letzte Prüfung in meinem Studium", fährt Hubmann fort.

„Und weil ich diesem Schweinsauge von Professor Anderlechner so sympathisch war, hat er mich gleich dreimal antreten lassen. Dafür habe ich allerdings zum Abschluss auch eine Widmung von ihm in mein Gerichtsmedizinbuch bekommen. Gell Hubmann, hat er damals noch gemeint, das mit dem Erhängen, Erdrosseln und Erwürgen werden sie sich jetzt für immer merken, und Recht hat er behalten!".

Lamm kann noch immer nicht glauben, dass es sich um Mord handeln soll. Er schiebt mit den Schuhen eigenwillig einen kleinen Büschel Stroh hin und her und greift sich wieder an die vom Kopfschmerz geplagte Stirn. Nach einer kurzen Denkpause dreht er sich rasch um, schiebt die Schuppentür auf und geht ins Freie. Er nimmt sein Mobiltelefon aus der Tasche und tippt am Display herum.

„Hallo, Lamm spricht! Die Kollegen von der Spurensicherung bitte! Nach Obermühlau, Gemeinde Ottnang! Ja genau, Ottnang, und geben sie mir noch Wallner!"

„Darin liegt also sein Unmut begraben", denkt Hubmann nun, „er muss Wallner anfordern".

v-i-e-r-z-e-h-n

Wallners mächtige Gestalt drängt sich aus dem überproportionierten Dienstwagen, um voll aufgerichtet bereits durch seinen Anblick einzuschüchtern. Die von Gel triefenden schwarzen Locken sind genauso schmierig wie sein restliches Äußeres. Seine gut gepolsterten Backen umranden ein selbstgefälliges, breites Grinsen, das herablassend vorauseilt. Darunter springt ein Kinn, wie der Bug eines gestrandeten Schiffes hervor. Funkelnde Augen und ein schwarz gefärbter, nahezu pedantisch sorgsam gepflegter Bart, wirken wie bedrohliche Waffen. Er genießt seine Auftritte mit dem Selbstbewusstsein einer Elefantenkuh, die ihr Baby vor Angreifern schützen muss, ohne dabei auch nur annähernd eine Parallele zu deren mütterlichem Beschützerinstinkt erkennen zu lassen. Von seinen beginnenden Potenzproblemen weiß allerdings nur Hubmann. Mit unterwerfendem Blick auf seine beiden mitgereisten Helfer nähert sich das Dreiergespann mit dem Zweimeterhünen in der Mitte. Lamm, der die Zeremonie mit Argwohn betrachtet, beißt sich auf die Unterlippe und vergräbt seine Fäuste in den Hosentaschen.

Seine Erinnerungen an Wallner sind schwer vorbelastet und er verspürt jedes Mal ein unangenehmes Gefühl in seiner Magengrube, wenn er ihm gegenübertreten muss. Sie haben einen Teil ihrer Ausbildungszeit miteinander verbracht und immer wenn Lamm ein Missgeschick widerfahren ist, passierte es ausgerechnet in Wallners Gegenwart. Dieser hält beständig daran fest, wann auch immer sich ein berufliches oder auch zufälliges Treffen ergibt, Lamm die damaligen Missgeschicke von Neuem brühwarm unter die Nase zu reiben, als wären sie eben erst passiert. Immer wieder kommt es dadurch zu heftigen Wortgefechten zwischen den Beiden und zweimal mussten sie bereits von Kollegen vor Handgreiflichkeiten bewahrt werden. Lamm kann Wallner einfach nicht ausstehen und dieser genießt es mit wenigen Blicken, Wörtern oder Gesten, Lamm aus der Reserve zu locken. Vor allem die Geschichte mit den Winterreifen hängt ihm noch schwer nach, dabei liegt es bereits etliche Jahre zurück. Lamm wollte bei seinem Auto die Sommerreifen auf Winterreifen wechseln und montierte völlig gedankenverloren die zuvor abmontierten Sommerreifen wieder an. Nachdem ein paar Tage später bereits der erste Schnee fiel und Lamm bereits in der ersten Kurve von der Straße abgekommen war, sorgte dies für zahlreiches Gelächter unter seinen Kollegen und für Wallner war es neuerlich ein gefundenes Fressen.

„Na, Lamm, soll ich dein Reifenprofil kontrollieren, bevor der nächste Schnee kommt?", hört man eine provokante Stimme.

Wallner steht inzwischen mit seinen beiden Gehilfen gegenüber der kleinen Gruppe, bestehend aus Lamm, Hubmann, Ferdinand Helm und Anna Kerbler, bevor sein Grinsen in einem kurzen, abgehackten Lachen endet.

„Ich hatte schon richtig Sehnsucht nach dir", ergänzt er noch heuchlerisch.

„Das kann ich von mir nicht behaupten", entgegnet Lamm.

Bevor die nächste Stichelei von Wallner folgen kann lenkt Hubmann ein.

„Meine Herren, ich glaube nicht, dass es der richtige Zeitpunkt ist, in alten Wunden zu wühlen", sagt er.

„Vielmehr sollten sie sich ihrer Arbeit zuwenden, denn es scheint sich hier um einen Mordfall zu handeln, den es aufzulösen gilt".

Hubmann bleibt betont höflich, während er mit seiner Hand zum Hühnerstall zeigt, um die missliche Lage zu verdeutlichen. Wallner scheint Hubmann noch gar nicht richtig wahrgenommen zu haben, denn als er ihn nun erkennt, zuckt er kurz zusammen und wirft den Blick zu Boden, als könnte er dadurch seine Potenzprobleme verschleiern.

„Auch ich habe Verschwiegenheitspflicht", wendet sich Hubmann beruhigend und gleichzeitig ermahnend an Wallner, ohne dass es dem Rest der Gruppe auffällt.

„Wie kommt ihr denn um Himmels Willen auf Mord?", wirft Anna Kerbler jetzt in die Runde.

„Sie ist die Schwester des Verstorbenen", rechtfertigt sich Lamm auf Wallners fragenden Blick hin.

„Wir hatten noch keine Zeit mit ihr darüber zu sprechen".

„Das ist auch gut so", entfährt es Wallner forsch.

„Wir sollten nun erstmal mit unserer Arbeit beginnen und uns Gewissheit verschaffen, bevor wir die Angehörigen mit irgendwelchen Mutmaßungen verunsichern".

Hubmann schiebt Anna Kerbler zur Seite und löst sich mit ihr ein paar Schritte von der Gruppe. Er flüstert ihr wenige Sätze zu und begleitet sie ins Bauernhaus, dessen Eingangstür von ihren Kindern, Albert und Theresa flankiert wird. Der Rest der Gruppe macht sich zum Hühnerstall auf, um den Leichnam nochmals zu inspizieren. Lamm erzählt Wallner von den Beobachtungen, die sie bereits getätigt hatten und erläutert nochmals Hubmanns Theorie vom atypischen Erhängen. Einen kurzen Moment scheint er in Wallners Gesicht einen Hauch von anerkennender Genugtuung wahrnehmen zu können. Dieser befindet sich auch ohne Sessel beinahe in Augenhöhe mit dem Verstorbenen und mustert ihn von allen Seiten.

„Wenigstens habt ihr einen fähigen Arzt, wenn schon die polizeilichen Tätigkeiten zu wünschen lassen!", dröhnt es aus dem Riesen.

„Hast du schon mal daran gedacht, den Ort hier absperren zu lassen?", fragt er abwertend.

„Auf den ersten Blick würde man hier sicherlich einen Selbstmord vermuten, aber einige Dinge passen tatsächlich nicht zusammen."

Wallner hockt sich hin und stöbert am Boden, dann winkt er mit einer schnippenden Bewegung seiner Finger einen Kollegen herbei, lässt sich Handschuhe und einen Plastikbeutel bringen und hebt einen kleinen, weichen, braunen Gegenstand vom Boden auf, den er sogleich behutsam in den Beutel legt.

„Sehr interessant", murmelt er.

„Das könnte einen guten Hinweis bringen, den Rest soll die Spurensicherung erledigen, wir werden uns jetzt näher um die Angehörigen bemühen."

Wallner steht wieder auf, unterlässt es nicht, Lamm noch einen abfälligen Blick zuzuwerfen, um mit den zu ihm gerichteten Worten:

„Du bist hier jetzt wahrscheinlich überflüssig", den Hühnerstall zu verlassen.

Seine Gehilfen folgen ihm wie zwei Schoßhündchen, die kläffend ihrem Herrchen hinterher eilen.

Lamm atmet tief durch und löst endlich wieder seine Zähne von der Unterlippe. Ferdinand hat er beinahe vergessen, so angespannt und konzentriert war er die letzten Minuten gewesen.

„Ihr seid nicht gerade dicke Freunde, der Wallner und du", sagt Ferdinand, ebenfalls erleichtert über das Ende dieser Situation.

„Das hast du scharf beobachtet!", sagt Lamm.

„Wirklich sehr scharf beobachtet! Ich hasse die Drecksau, aber das soll dich nicht weiter belasten!"

f-ü-n-f-z-e-h-n

Sehr geehrter Herr Weinberger, Vater!

Zu aller erst möchte ich mich für die Unachtsamkeit der Form und die mangelnde Gewandtheit in der Formulierung jener Worte, die in den kommenden Zeilen an sie gerichtet sind, entschuldigen, wohl denn ich darauf verweisen muss, dass ich mich beim Schreiben dieses Briefes in einer für mich ungewöhnlichen und durchaus nicht unbedenklichen Situation befinde.
Wie ich untröstlich erfahren musste, ist der Mensch, den ich bisher als meinen Vater bezeichnen durfte und in meinem tiefsten Innersten auch als diesen verspürt habe, nicht mehr willig, diese für ihn gewählte Bezeichnung aus meinem Munde entgegenzunehmen, beziehungsweise zu akzeptieren. Er scheint zu versuchen, seinen Sohn, der ich zumindest die letzten vierunddreißig Jahre über war und auch bis dahin gut daran getan habe, es zu sein und auch in durchaus zufrieden stellendem Ausmaß war, nun nicht mehr als sein eigenes Fleisch und Blut anzuerkennen. Mein Vater also, oder zumindest dieser Mensch, von dem ich seit meiner frühesten Kindheit an angenommen habe, dass es sich um meinen Vater handelt, hat mir in starrer Kälte seiner schroffen Gesichtszüge mitgeteilt, dass sie, Herr Weinberger, eine Person, die ich nicht einmal aus entfernten Geschichten kenne, geschweige denn durch die Aussprache ihres Namens auch nur den geringsten Eindruck eines zu erinnernden Gesichtes vor meinem geistigen Auge projizieren kann, dass sie also, Herr Weinberger, durch die Verstrickung misslicher Umstände, mein leiblicher Vater

sein mögen; wobei sich auch die Mutter, in ihrer unpässlichen Rolle nicht dagegen verwehrt, dass dies der Wahrheit entsprechen könnte, beziehungsweise tatsächlich der Wahrheit entspricht. Da sich nun in den Wirren dieser letzten Wochen der Erkenntnis, in denen ich allmählich den wachsenden Hass des bisher geglaubten leiblichen Vaters, zu spüren bekam und zunehmend zu einem Opfer einer bereits jahrzehntelange bestehenden Lüge und intrigantischen Verleumdung wurde, zeigte, dass rascher Handlungsbedarf besteht, habe ich nun beschlossen, um zumindest für mich, aus dieser großen Schmach heraus, einen kleinen Vorteil ziehen zu können, ihnen diese Zeilen zu schreiben.

Da sich zuletzt in unerbittlicher Schnelligkeit herauskristallisiert hat, dass mein Leben eine deutliche und sehr wohl drastische Wende vollzieht, obwohl ich weder darum gebeten habe, noch in irgendeiner Weise meine Zustimmung oder Einwilligung hierzu eingeholt wurde, sehe ich mich dazu gezwungen, um zumindest in entfernter Form einen Anschein des Ausgleichs oder der Gerechtigkeit wahrnehmen zu können, in diesen, meinen, an sie gerichteten Zeilen, folgende Forderung zu stellen:

Als ihr leiblicher Sohn, und ich nehme an, dass sie sich die unnötige und unsinnige Mühe dies abzustreiten, ersparen werden; als ihr Fleisch und Blut also, stelle ich hiermit die zutiefst legitime und aus meiner Sicht auch selbstverständliche Forderung, einer gerechten und dem Stammbaum entsprechenden erblichen Berücksichtigung, in dem von ihnen mit Gewissheit bereits verfassten und notariell hinterlegten Testament, sodass mir zumindest eine finanzielle Entschädigung und Genugtuung, der mir von ihnen bereits vor Jahrzehnten auferlegten Schmach, zu Teil wird.

Ich bitte sie, diese Zeilen, wenn auch behäbig und ungelenk formuliert und niedergeschrieben, mit größter Sorgfalt zu lesen und mit nötigem Ernst und Respekt zu betrachten, da im Kern dieses Briefes, wie mir scheint, die Klarheit meiner Forderung und die Tiefe, der von mir erlittenen Kränkung, ausreichend dargestellt sind und ich mich andernfalls, nämlich im Falle einer unzulänglichen testamentarischen Berücksichtigung und somit Verweigerung des mir eindeutig zustehenden finanziellen Ausgleichs, zu weiteren Schritten, beziehungsweise zu anderweitig adressierten Schriftstücken gezwungen sehe.

Somit verbleibe ich, mit dem Vertrauen auf ihre väterliche Einsicht und der hoffenden Zuversicht auf ihr Verständnis, ohne dabei allerdings zu vergessen, auch auf das notwendige Pflichtbewusstsein, das ihnen sicherlich inne wohnt, hinzuweisen, um die ganze Angelegenheit in einem, für uns beide verträglichen Maße, zu regeln, und der Gerechtigkeit des Lebens wieder ein Stück näher zu rücken, in freundlicher Gesinnung,

ihr Sohn Thomas Kerbler

s-e-c-h-z-e-h-n (Sonntag, 28. Oktober)

Der Dampf der frisch geschälten Kartoffeln steigt in der Küche auf, während draußen zögerlich die ersten zarten Schneeflocken hin- und hertänzeln, bevor sie als kleine weiße Punkte das Gras am Boden verzieren. Jede Schneeflocke ein Unikat. Der Rosenstrauch trägt noch immer kräftig rote Blüten. Hubmann steckt den I-Pod an die Lautsprecher und drückt auf ´Zufällige Titel´. Pink Floyd, schon ewige Zeiten hat er diese Musik nicht mehr gehört. Ein unverkennbares *wish you were here* erklingt. Aber wer *wish you were here*, denkt er sich. Wen möchte er sich herbei wünschen, wen sehnt er neben sich? Würde er nun an seine Frau denken, wäre er verheiratet? Könnte er sich überhaupt jemals für eine Familie entscheiden, oder war für ihn das Leben als Einzelgänger bestimmt? Er kennt keinen seiner Arztkollegen, der nicht in einer festen Beziehung steht, oder bereits Kinder hat. Kindergeschrei oder Eremit, oder beides, gibt es eine Kombination dieser Gegensätze? - Er weiß es nicht.

Er denkt an Susanne. Eigentlich hatten sie es sich in ihrem gemeinsamen Leben schon sehr gemütlich eingerichtet. Ein vertrautes Paar. Aber nicht getraut. Als Susanne zunehmend zu drängen begann und immer öfter und öfter ihren Wunsch über ein gemeinsames Kind äußerte und Hubmann in sich eine bereits bedrohlich wachsende Panik verspürte, musste er die Notbremse ziehen. Vermutlich nimmt sie es ihm heute noch übel. Vierzehn Monate sind sie bereits getrennt.

Er mischt die Erdäpfel unter den Endiviensalat. Sie sind schon etwas ausgekühlt und der Dampf verebbt im Dickicht der fein geschnittenen Salatstreifen. Salz, Essig, Kernöl und fertig ist sein Lieblingswinteressen. „Keepin me" klingt es aus den Lautsprechern. Keepin me (Stereotype featuring Sandra Kurzweil) – der Zufall geht weiter.

Da ist wieder der Traum von letzter Nacht. Um 3:00 Uhr morgens lag er plötzlich aufgeschreckt in seinem Schlafzimmer. Er hatte von einer vertrauten Frau geträumt. Er sah den Ehering. Sie lag neben ihm im Bett, in einem fremden Raum. Er hätte sie gerne berührt, doch er wusste, dass es ihm nicht erlaubt war; Unverhofft spürte er plötzlich ihre Hand zart über seine Stirn streifen. Stille Erregung entfaltete sich in seinem Körper. Zaghaft entgegnete er ihre Berührung. Sie küssten einander - anfangs zurückhaltend, dann intensiver. Es war ein angenehmes Gefühl. Doch völlig unvorbereitet drückte sie ihn auf den Rücken und setzte sich auf sein Becken. Wild gebärdend begann sie ihren Körper an ihm zu reiben; ihr Gesicht verzerrte sich. In kürzester Zeit war sie schweißüberströmt und begann zu schreien.

„Ist es das was du willst, ist es *das* was du willst?".

Verwirrt schloss er seine Augen und öffnete sie wieder. Die Situation hatte sich nicht verändert. Er wusste nicht, wie ihm geschah; gleichsam einem ungezähmten Tier saß sie auf ihm in ungezügelter Ekstase und brüllte weiter.

„Ist es das was du willst? Ist es das? Weißt du nicht, dass genau *das* die Mutter Gottes zu Grunde richtet? Weißt du es nicht?"

Dann war er aufgewacht. Völlig durcheinander versuchte er seine Gedanken zu ordnen. Er konnte den Traum nicht deuten, er konnte es in der Nacht nicht und er kann es auch jetzt nicht. Was hat die Affäre mit einer verheirateten Frau mit der Mutter Gottes zu tun? Welche Warnung wird ihm hier ausgesprochen. Ist er bedroht, sich in eine unglückselige Beziehung zu stürzen? Er ist sich keiner Fährnis bewusst. Wirklich ernsthaft hat er in letzter Zeit nie über eine feste Beziehung oder die Gründung einer Familie nachgedacht, schon gar nicht über seine eigene.

Der Schneefall wird dichter und ein heftiges Treiben setzt ein. Kurzfristig entsteht eine weiße Wand auf weißem Boden. Durch die Wand vernimmt er einzelne Kinderstimmen und als der Schneefall wieder nachlässt, erkennt er ein dutzend bunte Schneeanzüge, die sich am Boden wälzen, teils nebenher, teils übereinander; Schneebälle schießend und große Kugeln vor sich herrollend. In kürzester Zeit entstehen die ersten Schneemänner. Die früh einsetzende Dämmerung lässt die Straßenlaternen ihren Dienst antreten und die zuvor noch so bunten Kindergestalten verschwinden zusehends als kleine Schatten in den Häusern. Er heizt den Ofen ein, schiebt den Lehnstuhl davor und beobachtet das Züngeln der Flammen durch die Sichtglasscheibe. Er stellt sich vor, wie drei der kleinen Schatten an der Türe klingeln. Er öffnet.

„Hallo Papa, lass uns schnell rein, es ist so kalt draußen. Kannst du uns gleich einen Tee machen? Einmal Apfeltee und zweimal Kräutertee!"

Triefend nasse Winterstiefel landen in der Ecke, die Schianzüge bekommt er gerade noch zu fassen und hängt sie über die Badewanne.

„Ist der Tee schon fertig, Papa? Hunger haben wir auch, großen Hunger sogar!"

Dann stapfen die Drei mit kurzen, festen Schritten davon.

Er sitzt noch immer vorm Kamin. Eigentlich bin ich mit mir alleine genug beschäftigt, denkt Hubmann und rückt das Thema Familie weiter in die Ferne. Annas Kinder kommen ihm kurz in den Sinn. Theresa und Albert. Wie es ihnen nun wohl ergehen mag, nachdem sie neben dem Vater auch noch den Onkel verloren haben. Als kleinste und schwächste Mitglieder in einer Familie, die, mit Annas Ausnahme, nur noch aus depressiven Resten besteht. Alleine zu sein hat viele Vorteile.

Er schiebt den Lehnstuhl näher an den Kamin und lässt die Wärme wirken. Ein kurzer Schauder überkommt ihn. Er ist gleich alt wie es der Kerbler Thomas war; vierunddreißig Jahre. Ob Lamm wohl schon Neuigkeiten von der Gerichtsmedizin weiß. Er wird ihn bestimmt bald anrufen.

Eine Weile sitzt er noch so da, während sich kleine Funken von den Spitzen der züngelnden Flammen lösen. Dann verlangt sein Körper nach Bewegung. Schwungvoll drückt er sich von dem weich gepolsterten Lehnstuhl hoch, schlüpft im Vorraum in seine mit Lammfell gefütterten Waldviertler Stiefel, schnürt sie fest zu und hüllt sich in sein Winterkorsett aus Großvatermantel, Großmutterschal und nicht verwandter Pelzmütze. So wagt er den ersten Schneespaziergang dieses Winters.

s-i-e-b-z-e-h-n

Tausend Marionetten hängen leblos an ihren Schnüren. Herausgepellt in ihren schönsten Sonntagskleidern. Starr und bewegungslos, als hätte man ihnen alle Gelenke versteift und sie anschließend in den Boden gepfercht, nachdem mit einem einzigen, kräftigen Machetenhieb all ihre Schnüre durchtrennt worden waren. Als groteske Statisten stehen sie nun zwischen den Gräbern des Ottnanger Friedhofs, inmitten der aufragenden Kreuze, Grabsteine und Skulpturen von Heiligen. So, als wüssten sie nicht, wie sie an diesen Platz gelangten, oder wer sie hierher geleitet hatte. Noch weniger wissen sie, welche die ihnen zugeteilte Aufgabe sein soll.

Eigentümliche Hüte zieren ihre Köpfe. Viel zu lange und viel zu dicke Mäntel hängen von ihren Schultern. Stimmen entweichen ihren Mündern, dazwischen hohles Gelächter. Die Figuren drängen immer dichter aneinander, verstellen die Sicht auf die Gräber, konglomerieren zu einem einzigen, dunkelgrauen Sonntagskleiderklumpen mit vereinzelten Farbklecksen dazwischen.

Er ermahnt sich ausreichend Abstand zu halten, bleibt in der Nähe des Ausgangs, immer bereit, fluchtartig diesen schauderlichen Ort zu verlassen. Johannes Korntner. Er liest den Namen auf dem Grabstein neben sich. Johannes Korntner, verstorben zweitausendundsieben. Er versucht sich zu erinnern.

Lange kann es nicht mehr dauern, bis die Marionettenmasse mit den Fratzengesichtern, endlich, durch den Segen des Herrn Monsignore besänftigt, raschen

Schrittes, tuschelnd und keuchend, den Friedhof in die umliegenden Wirtshäuser verlassen wird.

Nahe des Südostflügels der Kirche kommt Bewegung in die Masse. Ein schmales hohes Kreuz ragt, wie eine im Schlachtgetummel glitzernde Speerspitze, gegen den Himmel. Um den Speer hat sich eine Marionettentraube versammelt. Darin befindet sich eine Insel aus Gestalten mit rot-weißen Gewändern. Er sieht Weihrauchschwaden hochsteigen und spürt sofort eine leichte Übelkeit aufkeimen. Er sieht sich als junger Ministrant, den Weihrauchkessel vor sich herschwingend, ständig belästigt von dem penetranten Gestank, beinahe sein Bewusstsein verlieren. Er muss sich konzentrieren und atmet tief durch. Ein kurzer Blick in Richtung Friedhofstor. Noch ist er in Sicherheit.

Die rot-weiße Insel schiebt sich durch die graue Masse. Weihwasser spritzt. Er sieht, wie ein junger Mann sich eilig aus den Marionetten löst und sich den Weg Richtung Friedhofstor bahnt. Der Mann wirkt angespannt, die Augen schmal zusammengepresst. Ein zweiter ergreift ihn am Arm. Er trägt einen Filzhut. Sie tauschen kurze Blicke, dann verlassen sie den Friedhof.

Die Übelkeit ist wieder verflogen. Er hat sich unter Kontrolle. Die Atmung hilft ihm. Regelmäßig ein- und wieder ausatmen. So wie er es gelernt hat. Er weiß nicht genau, was er an diesem Ort soll. Er liest wieder den Namen am Grabstein. Johannes Korntner. Er hat kein Bild mehr zu diesem Namen.

Er vergräbt seine Hände tief in den Manteltaschen. Da spürt er das Papier. Der Brief ist noch immer in seiner Tasche. Ein kurzes Zucken durchfährt ihn. Er geht ein paar Schritte nach vorne. Nicht zu nahe an die Marionetten heran. Er riecht den vergärenden Klumpen aus nicht vorhandenem Heimatgefühl. Den Hut zieht er tief in die Stirn. Rasch sucht er sich einen schmalen Weg zwischen den Gräbern hindurch. Die rote-weiße Insel verschwimmt in der Ferne. Der Speer funkelt noch einmal auf, bevor er zum tödlichen Stich ansetzt.

Er schließt das schwere Friedhofstor hinter sich. Sein Mund ist trocken, zwischen Daumen und Zeigefinger hält er noch immer den Brief. Er spürt die Kälte der Friedhofsmauern in seinem Rücken.

Warum muss er sich immer solchen Situationen aussetzen?

a-c-h-t-z-e-h-n (1. November, Allerheiligen)

Eine befremdende Stimmung legt sich über den diesjährigen Allerheiligentag. Die zarten Reste eines fahlen Nebelschleiers klettern über die Friedhofsmauern, an denen sich der blasse Schimmer eines längst vergangenen Morgenrots beharrlich in den Nischen herausgebrochener Mauersteine reflektiert.

Das Familiengrab der Kerblers ist schon vorbereitet, um ein neues Mitglied in die Ruhe der Toten aufzunehmen und auch der Grabstein ist bereits mit dem Namen des Verstorbenen Thomas Kerbler und dessen Geburts- und Sterbedaten in güldenen Lettern vorbereitet; doch der Tote selbst fehlt noch, als wäre er noch nicht bereit, hinab zu steigen in das Reich der Toten...

Das Begräbnis sollte bereits vor Allerheiligen stattfinden. Wenn es sich um einen ganz normalen Selbstmord gehandelt hätte, wäre es auch so von statten gegangen. Aber die Gerichtsmediziner haben den Leichnam noch nicht freigegeben. Es seien noch einige Untersuchungsbefunde abzuwarten, so die letzten Informationen von der Polizeidienststelle.

Dichtes Gedränge stellt sich am Friedhof ein, wie jedes Jahr zu Allerheiligen. Der Wärmeeinbruch der vergangenen Woche hat den Schnee rasch wieder weggeschmolzen und frühlingshafte Temperaturen sind eingezogen. Das hindert die zahlreich vertretenen, den Friedhof besuchenden Frauen natürlich nicht daran, ihre neu erworbenen Tierkadavermäntel zu präsentieren. Ob minus fünfzehn Grad oder plus fünfzehn Grad macht dabei keinen Unterschied. Rote Köpfe bekommen sie so oder so, ob vor Kälte, oder weil ihnen bei diesen Frühlingstemperaturen die Hitze in den Kopf steigt.

Er schiebt sich durch bis zum Grab seiner Eltern, eigentlich sind sie auch viel zu jung verstorben, aber was heißt schon jung sterben. Für manche Menschen ist jeder Tag eine Qual und andere können nicht genug bekommen, bis der Tod nahezu gewaltsam, ihre gierige Umklammerung ans Leben lösen muss.

Er hasst Allerheiligen. Er ist nur hier, um beim Familiengrab nach dem Rechten zu sehen. Natürlich könnte er dies an einem anderen Tag genauso gut bewerkstelligen, aber er weiß, wie wichtig seinen Eltern seine Präsenz am Friedhof zu Allerheiligen war. Er möchte keinesfalls, dass diese ein schlechtes Wort unter die Erde zu hören bekommen, wenn irgendwelche Friedhofsbesucher lästern, ihr Sohn unternehme nicht einmal zu Allerheiligen einen Friedhofsbesuch zum Familiengrab. Seinen Eltern war das Gerede der Anderen immer schon wichtig, und so will er dies auch nach ihrem Tod noch respektieren. Die Menge wird dichter und das Gedränge unangenehmer.

Er verbeißt sich einen Aufschrei, als der Pfarrer wenige Meter an ihm vorbeigeht, umgrenzt von den Ministranten in ihren rot-weißen Gewändern, und die Dame im Nerz neben ihm, wobei der Mantel problemlos für zwei Personen reichen sollte, ihren viel zu schmalen Absatz in seinen Vorfuß rammt.

Ein beiläufiges „Entschuldigung", entkommt ihr, bis sie sich umdreht und ihn erkennt.

„Ach! Das ist ja der Herr Inspektor", versucht sie nun ihr falsches Grinsen zu korrigieren.

„Guten Tag Frau Landesrätin!", antwortet Lamm und bemüht sich ebenso höflich zu bleiben, während er seinen Fuß schüttelnd vom Schmerz befreien will.

„Ach schmeicheln sie mir nicht, Herr Inspektor! Ich bin doch schon lange nicht mehr im Amt".

Lamm versucht sein Lächeln noch zumindest solange aufrecht zu erhalten, bis sich die Dame wieder dem Herrn Pfarrer zuwendet, der gerade seinen Segen in alle Richtungen verstreut.

Er beschließt, den Friedhof so rasch wie möglich, zu verlassen. Seine Eltern würden es ihm schon verzeihen. Er wird später wieder kommen, um die Grablichter anzuzünden und das Blumengesteck auszutauschen. Erneut drängt er sich durch das Menschengewühl, diesmal Richtung Ausgang. Er hat das Messingtor beinahe erreicht, als ihn eine Hand am Oberarm festhält. Es ist Hubmann.

„Ich komme mit dir, ich halt es hier auch nicht aus", zwinkert er unter seinem Filzhut hervor.

„Lass uns in der Schlosstaverne einkehren...".

n-e-u-n-z-e-h-n

Hubmann drückt fest gegen den achteckigen Griff der Wirtshaustüre, die einen kalten und feuchten Abdruck an seinem Handballen hinterlässt. Er bietet Lamm den Vortritt an, während er seinen Hut vom Kopf zieht. Hinter der Tür steht ein alter Kaugummiautomat, der aus einer anderen Zeit zu stammen scheint. Bereits die nächste Tür führt in die Gaststube. Sie treten ein. Einige Blicke richten sich ihnen entgegen. Die Schlosstaverne ist frisch renoviert. Wenig ist von der alten rauchig, halbseidenen Atmosphäre eines schummrigen Landgasthauses geblieben. Gediegen ist der sachgemäße Ausdruck für die kürzlich vollbrachte Verwandlung.

An der Garderobe schräg gegenüber des Stammtisches, an der noch etliche Haken frei sind, entledigen sie sich ihrer Herbsthüllen. Im hinteren Teil der zur Straßenseite gelegenen Stube, die nur, durch einen aus einer Nussholz-Glas-Kombination bestehenden Raumteiler, von der zweiten, größeren Gaststube getrennt ist, nehmen sie an einem Ecktisch Platz. Sie bestellen zwei Bier. Die Wirtin, freundlich wie immer, stellt die Gläser auf den Tisch und zwinkert den beiden zu. Es ist kein abwertendes Zwinkern und auch nicht anrüchig; am ehesten aufmunternd; aufmunternd, da ihre Blicke Aufmunterung einfordern.

Am Nachbarstisch sammelt sich ein grauer Dunst aus Zigarettenrauch unter dem gedämpften Licht einer mattgrünen Pendellampe, der diese, wie eine leicht zu erhaschende Liebschaft, billig umgarnt. Eingehüllt, aber nicht eingelullt wirft die Lampe einen nüchternen Schein auf die farblosen Gesichter darunter, die eifernd ihre Münder auf- und zumachen. Ein Betrunkener grölt politisierend vom Stammtisch herüber; indes wackelt seine Zigarette im Mundwinkel nervös auf und ab und verstreut Asche auf seinem abgetragenen Wollhemdärmel. Hubmann kratzt an seinem Knie - ein leises Hufscharren.

„Was weißt du von der Gerichtsmedizin?", fragt Hubmann gleich nach dem ersten Schluck Bier.

„Gar nichts", entgegnet Lamm.

„Also fast gar nichts, aber die glauben sowieso immer sie müssten sich in Geheimnisse hüllen".

Er blickt kurz zum Nachbartisch, merkt, dass die Bindung an die Weingläser viel zu groß ist, um die Konzentration auf seine Worte umzulenken und spricht bedenkenlos weiter.

„Die gerichtsmedizinische Obduktion eines Leichnams mit anschließender Probenverwertung scheint derzeit der Erschaffung eines Kunstwerkes gleichgestellt zu sein; die Enthüllung kommt ganz zum Schluss. Erst wenn die Spannung des Publikums ins unermessliche steigt und droht in Protest umzuschwenken, wird am weißen Leintuch gezogen und staunende „ahhs" und „ohhs" begeistern sich gegenseitig. Nur leider gibt es kein gaffendes Publikum, da muss ich die Gerichtsmediziner ernüchtern. Es gibt nur Wartende - Wartende die endlich mit ihrer Arbeit fortfahren möchten".

Der Betrunkene vom Stammtisch stößt ein Glas um. Lamm wirft einen missfälligen Blick und eine verächtliche Bemerkung in seine Richtung; dann fährt er fort.

„Ich habe natürlich meine Verbindungen; wir sind ja im Grunde eine einzige große Familie".

Er schmunzelt und deutet Hubmann etwas näher zu rücken.

Mit gedämpfter Stimme knüpft er an.

„Der Selbstmord ist mit Garantie vom Tisch, soviel steht fest. Am Toten finden sich Würgemale und seitlich am Hals eine zusätzliche Druckstelle".

„Aber wer erwürgt den Kerbler", unterbricht Hubmann. Obwohl er die ganze Sache eigentlich schon verdaut hat, reißt er jetzt die Augen auf und sagt:

„Wer um Himmels Willen erwürgt den Kerbler, um ihn dann aufzuhängen? Das ergibt doch keinen Sinn!"

„Tja, Gregor", entgegnet ihm Lamm. „Wer sollte überhaupt jemanden umbringen und es ergäbe einen Sinn?"

Hubmann gräbt seine langen Finger fest ins kastanienbraune Haar und zieht an der Kopfhaut. Seine Stirnfalten glätten sich.

Am Nachbarstisch wird der Zigarettendunst immer dichter und das Licht müht sich von der Lampe in den Raum. Hubmann löst die Umklammerung seiner Haare, streift mit den Handflächen über die Oberschenkel und stützt sich dann mit den Ellenbogen an der Tischplatte ab.

„Was ist mit dem Gegenstand, den der Wallner am Boden unter der Leiche gefunden hat. Gibt es da einen Zusammenhang?", fragt Hubmann.

„Das interessiert mich auch schon brennend", antwortet Lamm, „doch da lässt sich noch nichts rauskriegen".

Er knetet mit der rechten Hand seinen Nacken, während er sich gähnend zurücklehnt.

„Es dürfte jedenfalls eine heiße Spur sein", fährt er fort, „da noch gar nichts davon durchdringt".

Er nimmt einen kräftigen Schluck vom Bier und lässt schwenkend kleine Schaumwellen entstehen.

„Gischt schäumt um den Bug wie Flocken von Schnee…", murmelt er vor sich hin, bevor er das Glas wieder auf den Tisch zurück stellt.

„Weiter kann ich deinem fragenden Blick auch nicht helfen, Mord steht fest, aber sonst noch gar nichts".

Wieder ein Gähnen, ein kurzer Schluck; keine Wellen.

„Aber woher weißt du überhaupt von dem Gegenstand, den der Wallner gefunden hat?", fragt Lamm weiter.

„Du hast doch die Anna Kerbler ins Haus gebracht?"

„Weil ich der Mörder bin", grinst Hubmann.

„Oder weil dein Neffe doch sprechen kann, wenn er mit dem Geisterbahn fahren fertig ist. Und übrigens, du bist mir noch eine Geschichte schuldig, die vom alten Moser. Wilhelm Moser. Du hast es hoffentlich noch nicht vergessen".

„Oh mein Gott! Natürlich! Die Geschichte vom alten Moser".

Lamm lehnt sich nach hinten und streift sich mit der Hand übers Kinn.

„Du willst die Geschichte vom alten Moser hören? Da sollte ich allerdings sofort beginnen, denn das könnte jetzt eine Weile dauern!"

„Also gut", legt er los.

„Wilhelm Moser hat als Sohn eines Tischlers und einer Kaufmannstochter, namens Maximilian und

Eva-Maria Moser, an einem völlig verregneten Morgen im Mai des Jahres 1929, in einem verwinkelten Dachgeschoßzimmer eines kleinen Häuschens in Holzleithen, noch bevor der erste Hahn den Tagesbeginn ankrähte, das Licht der Welt erblickt. Bereits die Ereignisse bei der Ankunft dieses neuen Erdenbürgers kündigten die Besonderheit des kleinen Wesens an. So wie das Kind geboren war, hörte es schlagartig auf zu regnen und eine geheimnisvolle Stille legte sich in den Raum im Dachgeschoß. Der Knabe hatte die Augen geöffnet, atmete rasch, aber ruhig und ließ keinen einzigen Ton von sich hören, kein Schreien und auch kein Weinen. Die Kerzen im Zimmer begannen aufgeregt zu Flackern, obwohl kein Windhauch zu spüren war. Seine Mutter legte ihn unsicher an die Brust, aber nachdem der Kleine gierig trank, schien er wohlauf zu sein. Mit dem ersten kräftigen Schluck des Jungen wuchsen die Flammen der Kerzen um gut zwei Zentimeter und erhellten den Raum deutlich. Die Eltern schauten einander verlegen an, aber keiner der Beiden wagte es, die Geschehnisse zu kommentieren. In weiterer Folge wuchs und gedieh Wilhelm prächtig und wurde der ganze Stolz seiner Eltern. Im zarten Alter von fünf Jahren trat allerdings das erste Mal das ungewöhnliche Geschick des Jungen zu Tage. Wilhelm sagte den Tod seiner Großmutter voraus. Zu dritt saß die Familie beim Abendessen und die Eltern diskutierten gerade, ob es nicht schon längst an der Zeit wäre ein zweites Kind zu zeugen, als der Junge ganz nebenbei verkündete, die Großmutter würde bald sterben. Die Großmutter war bereits alt und die Eltern dachten sich anfangs nichts Besonderes dabei, denn es konnte ja durchaus sein, dass die Großmutter in nächster Zeit sterben müsste. Aber als sie zwei Tage später wirklich die Nachricht von ihrem Tod erhielten, waren Maximilian und Eva-Maria mehr als nur erstaunt. Wilhelm blieb völlig gelassen. Er zeigte zwar die natürlichen Zeichen der Trauer über den Tod der Großmutter, aber er nahm es als selbstverständlich, dass er bereits gewusst hatte, es würde so kommen. Als der Junge noch einige weitere Todesfälle in der Nachbarschaft, sowie im Familien- und Bekanntenkreis vorhersagte, bekamen es seine Eltern mit der Angst zu tun. Sie konsultierten mit ihrem Problem den Gemeindegeistlichen, den Pfarrer von Ottnang, da sie nicht wussten, an wen sie sich sonst wenden sollten. Dieser riet ihnen auf keinen Fall ein weiteres Kind zu bekommen. In der Causa Wilhelm, so wie er sich ausdrückte, sei es wohl das Beste, den Jungen in ein Stiftsinternat zu schicken, da durch strenge Erziehung und religiöse Läuterung am ehesten zu erwarten wäre, dass sich diese Teufelsgabe, wie sie der Geistliche bezeichnete, in den Griff bekommen ließe.

So wurde Wilhelm alsbald von seiner Familie getrennt und ins Internat nach Lambach gebracht. Dort sprach sich seine eigentümliche Begabung allerdings rasch umher und den anfänglichen Hänseleien folgte bald die völlige Distanzierung der Mitschüler von dem Jungen, da bald die Vermutung bestand, er könne nicht nur den Tod vorhersagen, sondern durch seine Ankündigung diesen auch unmittelbar herbeirufen. So, als wäre *er* der direkte Auftraggeber des Sensenmannes.

Wilhelm fühlte sich selbst als völlig normales, Kind ohne wesentliche Begabung - mit eben dieser einen, kleinen Ausnahme. Anfangs suchte er durchaus noch Kontakt zu seinen Mitschülern. Aber als er merkte, dass diese dadurch in Panik gerieten und immer weiter und weiter von ihm wichen, ließ er es schließlich sein. Er verbrachte seine gesamte Schulzeit als Einzelgänger und auch die Lehrer hatten Schwierigkeiten mit ihm umzugehen. Selbst seine Eltern waren nur bereit ihn über die Sommerferien abzuholen. Die restlichen Ferien und Feiertage verbrachte er immer im Internat. Auch nachdem er schon jahrelang keinen Todesfall mehr vorausgesagt hatte, obwohl er es immer wusste, wenn in seiner Umgebung ein Sterbefall anstand, änderte sich nichts an seiner Einsamkeit. Er war der Todesengel, dem keiner zu Nahe treten durfte.

Nach der Schulzeit erbat er sich wieder Aufnahme in seinem Elternhaus und versprach kein einziges Mal den nahenden Tod eines Mitbürgers anzukündigen. Er half anfangs in der Werkstatt des Vaters, aber als daraufhin die Aufträge der Kundschaften rasch zurückgingen, musste der Vater den Sohn wieder entlassen, um das Geschäft nicht zu ruinieren. Die Menschen vermuteten die Möbelstücke, an denen Wilhelm mitgearbeitet hatte, seien verflucht und würden Unglück in die Häuser der Käufer bringen.

So zur Untätigkeit verdammt, begann Wilhelm mehr und mehr zu verzweifeln. Er gab sich schließlich dem Alkohol hin, in dem er anfangs Trost, in weiterer Folge allerdings nur noch mehr Elend fand. Sein Leben schien rasant bergab zugehen, wobei es ja nie ein wirkliches bergauf gegeben hatte. Bis eines Tages ein Fahrender die Kunde in ihr Haus trug, es gäbe auf der anderen Seite des Hausruckwaldes in der Gemeinde Eberschwang eine Frau, die anscheinend mit den Geistern der Verstorbenen in Kontakt treten konnte und deshalb geächtet und gefürchtet, einsam in ein kleines Häuschen nach Oberbreitsach, nebst Eberschwang, verbannt wurde.

Diese Botschaft weckte in Wilhelm eine völlig neue Lebenskraft. Von einem Tag auf den anderen entsagte er dem Alkohol. Er wusch sich, rasierte sich, zwang den Barbier ihm die Haare zu schneiden, sonst würde er ihm den Sensenmann schicken – die Leute glaubten ja immer noch er könnte den Tod herbeirufen. Bis dahin hatte Wilhelm die Furcht seiner Mitmenschen vor ihm nie ausgenutzt, doch jetzt erschien es ihm nur allzu berechtigt und auch zweckdienlich. Auf diese Weise erhielt er vom Schneider Hose, Hemd und Rock, vom Schuster so gute Schuhe, wie er sie sein Leben noch nie getragen hatte und machte sich neu ausgestattet sogleich auf den Weg über den Hausruckwald bis zu dem Häuschen in Oberbreitsach, wo die verstoßene Geisterfrau einsam ihr Dasein fristete. Wie zwei verlorene Seelen, die die ganze Zeit nur darauf gewartet hatten sich wieder zu finden, verstanden und gefielen sich die Beiden von Anfang an ausgezeichnet. Noch am selben Tag beschlossen sie ihr weiteres Leben gemeinsam zu verbringen, mit der strengen Auflage keine Kinder in diese Welt zu setzen, denn sie wollten ihren Nachkommen nicht dieselbe Qual einer verlorenen Kindheit zukommen lassen, wie sie sie selbst erlebt hatten.

Sie berieten gemeinsam nach Holzleithen zu ziehen, da Wilhelm schon wusste, dass sein Onkel bald sterben würde und sie gut von der kleinen Landwirtschaft leben konnten, die er hinterlassen würde; denn sie mussten ja einen Weg finden um sich möglichst selbstständig zu versorgen. So übernahmen sie bereits wenige Tage später das Bauernhaus des allein stehenden Onkels, der, als sich die beiden bereits am Weg nach Holzleithen befanden, völlig unvermittelt und unverhofft mitten am Feld zusammenbrach und tot liegen blieb".

Lamm lehnte sich wieder zurück, holte tief Luft und stieß einen kräftigen Seufzer aus.
„Tja, das Ende der Geschichte kennst du ja", sagte er.
„...denn da sie noch nicht gestorben sind, leben sie noch heute".

*

Die Tür zur Gaststube geht auf, ein Fremder tritt ein; ein Mann zwischen sechzig und siebzig. Lamm und Hubmann bemerken ihn nicht, sie sind zu tief in ihr Gespräch verwickelt. Die Wirtin scheint den Mann zu kennen, denn sie begrüßt ihn sogleich und hilft ihm aus seinem grauen Kurzmantel. Er nimmt den Hut ab. Trotz der bemühten Fürsorge wirkt er unsicher. Er bedankt sich bei der Wirtsfrau mit stockenden Gesten seiner Arme, streift mit beiden Händen den Mantel am Haken glatt, zupft gleichsam verlegen wie rituell an den Ärmeln, bevor er sich umdreht und seinen hilflosen Blick durch die Gaststube schweifen lässt. Seine kahle Stirn trägt einen leichten Glanz, der an seiner linken Schläfe in einen tiefen Schatten übergeht und durch die hochgestellten Backenknochen noch deutlich verstärkt wird. Die linke Schläfe scheint eingefallen und viel tiefer als die rechte zu sein und verleiht so seinem Gesicht eine deutliche Asymmetrie. Die Augen sitzen kaum erkennbar und ohne Reflexion verborgen in dunklen Höhlen. Die Bewegungen seines Kopfes wirken abgehackt, als wüsste er nicht, wohin er seine Blicke lenken soll. Der Fremde nimmt zwei Tische von ihnen entfernt Platz. Ohne zu bestellen erhält er nach wenigen Minuten einen Schwarztee. Für kurze Zeit hält er seine Hände über der Tasse, als würde er sie an einem Lagerfeuer wärmen; dann nimmt er den Löffel und beginnt umzurühren. Ein kleines Kännchen Milch steht verloren neben der Tasse und bleibt unbeachtet. Das Umrühren scheint mehr dem Sinn eines Rituals nachzukommen, als einer funktionellen Tätigkeit. Er rührt weiter und weiter und lässt kleine unscheinbare und kraftlose Wirbel in seinem Tee entstehen, als müsse er darin seine Gedanken ertränken. Schließlich setzt er abrupt ab und schiebt die Tasse, bevor er auch nur ein einziges Mal daran genippt hat, in die Mitte des Tisches. Dann greift er in die rechte Innentasche seines Jacketts und zieht einen Brief heraus. Er starrt auf das Kuvert und dreht es etliche Male hin und her, als müsse er sich jedes Mal von neuem davon vergewissern, wer nun der Absender und wer der Adressat sei, bis er schlussendlich mit wiederum stockenden und abgehackten Bewegungen den Inhalt des Briefes herauszieht, entfaltet und vor sich auf den Tisch legt. Für fünf Minuten bleibt er so sitzen. Man hätte den Eindruck gewinnen können, dass er sich in ein Gebet vertieft oder eine Meditation durchführt. Nun beginnt ein neues Ritual. Seine Hände streifen über das vor ihm auf dem Tisch liegende Briefpapier und glätten es, immer und immer wieder; ein paar Mal mit den Handflächen, dann mit den Handkanten; so, als müsse er das Bettlaken, aus dem die Geliebte soeben für immer verschwunden ist, solange glatt streifen, bis sich ihr Geruch darin auf ewig verfestigt hat. Weitere fünf Minuten vergehen. Schließlich hebt der Mann das Blatt hoch und beginnt zu lesen. Seine Augen rastern die Zeilen ab und Buchstaben um Buchstaben scheinen sich in sein Gehirn zu prägen, eingemeißelt durch den festen Anschlag einer Schreibmaschine, wobei er nicht aufhört mit seinem Kopf ein klares `Nein´ in die immer verrauchter werdende Gaststube zu schütteln. Seine Hände beginnen zu zittern, anfangs kaum erkennbar, doch schließlich immer deutlicher und der Brief droht ihm zu entgleiten; ein unbegreiflicher Inhalt, den es nicht zu fassen gilt?

Lamm und Hubmann haben ihr Bier bereits ausgetrunken und erheben sich mit aufgestützten Händen vom Tisch, wobei ihre Köpfe beinahe aneinander stoßen.
„Also Friedrich, ich wünsch dir was", verabschiedet sich Hubmann, während die beiden bereits an der Garderobe stehen und wieder ihre Herbsthüllen anlegen.
„Ich meld mich bei dir, Gregor, sobald ich mehr weiß. Das versteht sich von selbst".
Mit einem freundlichen Lächeln zur Wirtin, das so viel heißen soll wie `setz es bitte auf die Rechnung´, verlassen die Beiden die Schlosstaverne und tauchen in eine trübe Nebelsuppe ein, aus der es in diesem Jahr kein entrinnen zu geben scheint. Sie blicken einander noch einmal kurz in die Augen, bevor ihre Konturen im Grau verwischen, als würden sie einfach verschluckt in der Selbstverständlichkeit dieses 1. Novembers.

z-w-a-n-z-i-g

Die Stimmung am Revier ist alles Andere als ausgelassen. Ferdinand Helm rutscht nervös am Sessel hin und her und bemüht sich eine konstruktive Tätigkeit vorzutäuschen. Doch die Tatsache allein, einen Stift in der Hand zu halten, mit dem man sich Notizen machen könnte, reicht dazu nicht aus. Das Morgenrot wirft einen blassen Farbschatten in den Büroraum und verleiht der nach Osten zugewandten Seite seines Gesichts einen kupfernen Schimmer. Nachdem er eine Weile wortlos an dem Stift rumgekaut hat und die Spuren seiner Zahnabdrücke bereits kleine Dellen hinterlassen, hört man von draußen mit polterndem Schritten jemanden näher kommen, ehe sich die Tür öffnet.

„Der Postenkommandant von Vöcklabruck, dein Bruder, also mein Vater, wünscht, dass wir ehest möglich Berichte über unsere zugeteilten Recherchen abliefern", sagt Ferdinand zu Lamm, der eben bei der Tür hereinkommt und Daniela, die drei Meter entfernt von Ferdinand an ihrem Schreibtisch sitzt, neckisch zuzwinkert, um sich dann schwerfällig auf seinem Sessel niederzulassen.

„Er möchte, dass die Befragungen an den Angehörigen und in der Nachbarschaft rasch abgeschlossen sind."

Lamm streckt die Beine von sich und schlägt sie übereinander.

„Schön, dass du mir einen guten Morgen wünschst, Ferdinand", entgegnet er.

„Ich im Übrigen, wünsche dir natürlich auch einen wunderschönen guten Morgen".

Ferdinand blickt verlegen zu Boden und kaut wieder an seinem Stift. Lamms Schatten reicht ihm bis zu den Fußspitzen.

„Und? Hast du die Befragungen schon abgeschlossen, Ferdi?", ergänzt sein Onkel noch.

„Der Fall verlange nach schnellster Klärung", fährt Ferdinand fort, ohne sich Lamm zuzuwenden.

„Und da gehört halt auch der Kleinkram dazu."

„Kleinkram!", reißt Lamm die Augen auf.

„Hat er wirklich Kleinkram gesagt, dein Vater?"

Er nimmt seinen Neffen scharf ins Visier.

„Kleinkram, ja, du hast schon richtig gehört."

„Ja, ja, mein Bruder, der hat gut reden…; wir dürfen hier also den unangenehmen Mist erledigen, während sich die Herrschaften in der Bezirksmetropole den Hintern wund sitzen und dafür am Ende dann doch wieder die Lorbeeren ernten."

Lamm schaut verloren vor sich auf den Boden und sieht eine kleine schwarze Spinne hinter einem Stuhlbein verschwinden.

„So ist das halt, Ferdi", setzt er fort, „von nichts kommt nichts. Streng dich an, damit du auch einmal einen so guten Posten bekommst, wie dein Vater. Hier draußen in der Wildnis, da wirst du nie etwas zählen, egal wie sehr du dich anstrengst. Da wird nur fleißig mitgezählt, welche Missgeschicke dir passieren."

Lamm steht noch einmal auf um sich die Jacke auszuziehen.

„Willst du auch einen Kaffee, Ferdi, oder bist du immer noch bei den Teetrinkern?"

Ferdinand schaut verstohlen zu Daniela. Sie merkt seinen Blick nicht.

Daniela Meister, die jüngere Tochter des Vizebürgermeisters. Sie ist gerade erst einmal dreiundzwanzig Jahre alt geworden und arbeitet seit zwei Jahren am Polizeirevier. Ihr Vater wollte sie gerne nach Wien zum Studieren schicken, aber Daniela hatte genug vom Lernen. Sie wollte so früh wie möglich ihre Selbstständigkeit und rasch auf eigenen Beinen stehen und da gehört das Geld verdienen eben auch dazu. Dem Ehrgeiz ihres Vaters wird sie dadurch nicht gerecht, weshalb er seinen ganzen Stolz auf ihre jüngere Schwester konzentriert, die seit letztem Jahr in Salzburg am Mozarteum Klarinette studiert. Daniela macht das weiter nichts aus. Sie ist sogar erleichtert, dass nicht ständig irgendjemand irgendwelche Erwartungen in sie steckt. So kann sie unbedarft durchs Leben gleiten und diese Leichtigkeit trägt sie auch grazil in ihrem Gesicht. Sie merkt Ferdinands Blick nicht, während dieser noch über die Frage seines Onkels nachdenkt.

„Ich bleibe beim Tee, Danke!"

„Wie du meinst, Ferdi, Kaffe oder Tee, ist im Grunde ja dasselbe, zwei unterschiedliche Religionen mit demselben Zweck."

Irgendwie verbreitet sein Onkel heute eine eigenartige Stimmung, denkt Ferdinand, doch er wagt es nicht ihn darauf anzusprechen. Er geht zum Wasserkocher, kippt den kleinen Hebel unter dem Griff nach unten und freut sich, dass das orange Licht aufleuchtet. Es ist nicht selbstverständlich, an so einem Tag wie diesem, dass der Wasserkocher funktioniert. Jasmin Tee, heute ist Jasmin Tee dran. Er zieht einen Beutel aus der Verpackung und hängt ihn in die überdimensionierte Tasse mit dem dämlichen Spruch, der schon zur Hälfte abgerieben ist. Er fädelt die Schnur mit dem Papierende geschickt durch den Griff der Tasse und macht eine kleine Schlaufe, damit beim Aufgießen der Teebeutel nicht samt Schnur und Papier im Wasser versinkt.

Der Wasserkocher beginnt zu dampfen, brodeln und pfauchen. An der Vitrine darüber kondensiert der Dampf zu kleinen Wasserperlen und ein einzelner Tropfen fällt nach unten mitten in die Tasse und wird sofort von den Fasern des Teebeutels aufgesogen.

„Wozu", lästert Lamm, „brauchst du einen Wasserkocher, der, wie der Name schon sagt, Wasser zum kochen bringt, wen du deinen Tee sowieso nur mit achtzig Grad aufgießen darfst?"

Ferdinand schaut seinen Onkel nicht an. Er hat heute wirklich keinen guten Tag, denkt er nur, bevor er das kochend heiße Wasser in die Tasse leert.

„Ich nehme das mit der Wassertemperatur nicht so genau, Onkel", beschwichtigt Ferdinand und hält seine Handflächen wärmend an die Tasse.

Und ob er es genau nimmt. Achtzig Grad und nicht mehr soll das Wasser haben, um den Jasmin Tee aufzugießen, aber er will nicht ständig angepöbelt werden, nur weil er der Jüngste im Team ist.

Ferdinand schaut zu Daniela. Sie gefällt ihm schon lange. Vertieft starrt sie in den Bildschirm, während sie die gesammelten Berichte in den Computer eintippt. Ihr langes, braunes Haar fällt ihr, durch den vorgeneigten Kopf, ständig ins Gesicht und mit einer immer gleichen Bewegung ihrer rechten Hand streift sie es wieder hinter die Ohren, zuerst hinter das Linke und dann hinter das Rechte. Ihre neue Brille steht ihr gut. Sie macht sie streng, lässt sie aber paradoxer Weise dennoch jünger wirken. In Gedanken spürt Ferdinand seine Nase entlang ihres langen, schlanken Halses streifen und er nimmt einen tiefen Zug vom Rosenduft, der aus ihrem Dekolleté strömt. Knappe zwei Jahre wird es noch dauern, bis er ihr seine Zuneigung gesteht; aber dann wird es zu spät sein; gerade frisch verliebt, wenige Wochen erst, wird sie ihn abweisen. Manche Dinge im Leben sollte man eben gleich erledigen. Daniela wird wenige Monate darauf an einem eigenartigen Muskelleiden erkranken, dass ihren Kopf immer zur linken Seite ziehen wird, und von dem die Ärzte sagen, dass es keine erklärbare Ursache gibt. Alle drei Monate wird sie dann ein Nervengift in ihre Halsmuskeln gespritzt bekommen, damit sie zumindest mit weniger Anstrengung wieder geradeaus schauen kann.

„Was schaust denn ständig so auf die Daniela?", nervt ihn sein Onkel jetzt schon wieder.

„Wenn sie dir so gefällt, dann sag es ihr halt!"

Obwohl er es nicht will, blickt Ferdinand abermals verlegen zu Boden und verpasst dadurch Danielas sanftmütiges Lächeln. Er ärgert sich über seinen Onkel, von dem er solche Sticheleien gar nicht gewohnt ist.

„Steht etwa wieder ein Treffen mit dem Wallner bevor, Onkel, weil du gar so gut gelaunt bist?".

Ferdinand freut sich über seinen Konter. Doch die Stimme seines Onkels wird nun deutlich ernster.

„Es gibt Namen, Ferdi, die sollte man gar nicht erst in den Mund nehmen, das weißt du genau. So etwas bringt Unglück!".

Dann setzt er fort.

„Nein, der Wallner kann mir gestohlen bleiben, ich habe einfach nur schlecht geschlafen und das Warten auf Neuigkeiten von der Gerichtsmedizin nervt mich auch schon."

„Tut mir Leid, Onkel, ich wollte dich nicht ärgern", sagt Ferdinand jetzt kleinlaut.

Lamm geht zu seinem Neffen und fasst ihn an den Schultern.

„Du brauchst dich nicht zu entschuldigen, du hast schon Recht, ich bin heute derjenige der nervt. Es tut *mir* Leid".

Dann dreht er sich um und setzt sich mit der Kaffeetasse an seinen Schreibtisch.

„Was haben denn deine Recherchen in Obermühlau jetzt wirklich ergeben, Ferdi?".

Ferdinand runzelt die Stirn und zerzaust sich sein Haar.

„Na, ja. So das übliche Dorfgerede vermutlich:

Nein, wie konnte denn so etwas passieren?

Warum macht denn der Thomas so etwas Schlimmes?

Es muss doch immer noch eine Lösung für solche Probleme geben.

Warum sollte der Thomas Feinde haben? Und was hat das überhaupt damit zu tun, wenn sich jemand erhängt?

Wie bitte, jemand anderes soll den Thomas erhängt haben? So was gibt es doch bei uns überhaupt nicht. Hier leben nur anständige Leute.

Na, ja, dem Korntner wär's allerdings schon zuzutrauen. Dem ist sowieso alles zuzutrauen. Wie der schon mit seinen Tieren umgeht. Was will man da noch erwarten. Der ist schon lange scharf auf den Hof vom Kerbler. Er gibt ja ganz offen zu, dass er der größte Bauer im Dorf werden will!

…und so weiter und so fort."

Unzufrieden schaut er seinem Onkel zu, wie dieser ständig seinen Kopf in kurzen Bewegungen hin und her pendeln lässt.

„Wirklich weiter bin ich nicht gekommen", sagt Ferdinand.

„Eigentlich gibt es keinen Anhaltspunkt, dass jemand aus Obermühlau mit der Geschichte zu tun haben könnte."

Doch Lamm zeigt sich mit dieser Aussage nicht wirklich zufrieden.

„Jemand auswärtiger kommt für mich noch weniger in Frage. Warum sollte irgendjemand außerhalb dieser maroden Pseudoidylle Interesse an dem Tod vom jungen Kerbler haben? Ich glaube du musst dich nochmals auf den Weg machen, Ferdi. Dem Gerede über den Korntner müssen wir zumindest nachgehen. Du weißt schon, das Übliche:

Sie wissen bestimmt, dass im Dorf so einiges über sie gesprochen wird. Ich muss ihnen daher ein paar Fragen stellen.

Was hatten sie für ein Verhältnis zu dem Verstorbenen, man hört von Streitereien.

Wo waren sie zur Tatzeit, gibt es dafür Zeugen?

Na ja, der lästige Kram halt, Ferdi, wie es dein Vater schon gesagt hat, das gehört eben dazu. Und wenn du mich brauchst, rufst du einfach an."

Lamm zwinkert seinem Neffen noch aufmunternd zu und dann wieder der Daniela.

„Ach ja, wenn du schon dort bist, frag noch die Schwester vom Kerbler, ob in letzter Zeit jemand von auswärts am Hof war; ist zwar unwahrscheinlich, aber frag einfach nach".

Ferdinand traut sich nicht mehr zu Daniela zu schauen und verpasst neuerlich ein sanftmütiges Lächeln, das direkt in seine Richtung gesteuert ist.

e-i-n-u-n-d-z-w-a-n-z-i-g

Ferdinand sitzt alleine im Streifenwagen auf dem Weg nach Obermühlau. Er hatte gehofft, sein Onkel würde ihm Daniela mitschicken, doch sie muss sich um die offenen Berichte kümmern. Ferdinand verbringt viel Zeit alleine und auch gerne, aber zu den Befragungen vermeintlich verdächtiger Personen fährt er lieber zu zweit. Als er in Obermühlau ankommt biegt er als erstes gleich in die Einfahrt zum Korntnerhof. Ein eigenartiges Gefühl überkommt ihn, ehe er im Innenhof gegenüber des Wirtschaftsgebäudes den Wagen anhält.

„Mein Mann ist im Traktorschuppen", erfährt er von Korntners Frau, die ihn am Türrahmen angelehnt bereits erwartet.

„Er wird allerdings nicht gerne gestört bei seiner Arbeit! Ich hoffe es ist wichtig!"

„Das will ich wohl meinen!", bleibt Ferdinand kurz angebunden.

Er quert den Innenhof bis er nach etwa dreißig Metern beim Traktorschuppen ankommt. Das große Tor steht offen. Drinnen sieht er, im düsteren Zwielicht aus Nachmittagssonne und sechzig Watt Glühbirne, den Korntner mit einem Schraubenschlüssel an der Anhängerhydraulik eines kornblumenblauen New Holland Traktors werken.

„Herr Korntner? Robert Korntner?", unterbricht Ferdinand den Landwirt.

„Wer will das wissen?"

„Ferdinand Helm, mein Name, Polizeirevier Ottnang. Ich hätte ein paar Fragen".

Er tritt zögerlich näher.

„Helm Ferdinand?", der Landwirt löst kurz seinen Blick vom Schraubenschlüssel.

„Ach ja, ich kenn dich schon. Wir leben ja hier in keiner Großstadt. Hättest du ein paar Fragen oder hast du welche?"

Ferdinand schaut verwundert.

„Ich habe ein paar Fragen", antwortet er.

„Ich kann es mir schon vorstellen", sagt der Korntner kopfschüttelnd.

„Da wird sich wieder mal irgendwer im Dorf das Maul über mich zerrissen haben. So eine Chance muss man schon nutzen!"

Er beginnt wieder an seinem Traktor zu schrauben.

„Ja, ja, ich hör sie schon sagen: dem Korntner ist so einiges zuzutrauen, der könnte schon einen umbringen, wenn dabei entsprechend was für ihn rausspringen würde".

Dann dreht er seinen Kopf erstmals zu Ferdinand.

„Ich nehme an das ist der Grund warum du hier bist! Also stell deine Fragen, ich habe nicht viel Zeit!"

„Also gut, Herr Korntner, dann kommen wir gleich zur Sache", fährt Ferdinand etwas angewidert fort.

„Haben sie ein Alibi für die Tatzeit?"

„Willst du wirklich bei dem `Herr Korntner´ bleiben?"

Ferdinand nickt.

„Na, ja, wenn du meinst. Also, welche Tat? Welche Zeit?"

„Wie bitte?"

„Na, ja, du wolltest doch von mir wissen, ob ich ein Alibi für die Tatzeit habe. Also frage ich dich welche Tat und welche Zeit?"

Ferdinand wird ungeduldig und fängt an, genervt an seiner Hose zu zupfen.

„Herr Korntner, ich nehme an, worum es geht hat sich im Dorf bereits schon wie ein Lauffeuer herumgesprochen und sie wissen genau wovon ich rede".

„Mit mir redet aber sonst keiner!", antwortet der Korntner.

„Und schon gar nicht hier im Dorf! Die Menschen meiden mich, weil ich gefährlich bin. Mit dem ist nicht gut Kirschen essen, sagen sie, dem ist so einiges zuzutrauen. Da bin ich natürlich gleich ein gefundenes Fressen für den Herrn Polizisten, nicht wahr, Ferdinand?"

„Ich mache nur meine Arbeit, Herr Korntner!"

Ferdinand versucht die R´s in Korntners Namen besonders deutlich auszusprechen, als könnte er ihn dadurch provozieren.

„Und ich hoffentlich bald wieder meine", sagt der, „und übrigens: nein!"

Ferdinand schaut ihn neuerlich verwundert an: „Wie bitte?"

„Nein!"

„Was nein?"

„Nein, ich habe kein Alibi für die Tatzeit!", sagt der Korntner.

„Aber ich habe ja noch gar keine Tatzeit erwähnt!", erwidert Ferdinand.

„Genau", sagt Korntner, „und dennoch weiß ich, dass ich kein Alibi habe".

Er zurrt eine Schraubenmutter kräftig zu.

„Als Landwirt arbeitet man viel alleine und nachdem an dem Tag, an dem, wie mir zugetragen wurde, Thomas Kerbler tot aufgefunden wurde, meine Frau mit den Kindern für einige Tage zu ihrer Schwester, der Taufpatin meines älteren Sohnes, gefahren ist, habe ich den ganzen Tag alleine gearbeitet und die ganze Nacht alleine verbracht".

Er löst jetzt nochmals seinen festen Griff vom Schraubenschlüssel, sodass dieser scheinbar in der Luft schwebt und von der Schraubenmutter wie ein abgebrochener Ast wegsteht.

„Dennoch würde ich dir nicht empfehlen auf die schwachsinnige Idee zu kommen, mich als Täter zu verdächtigen. Das würde uns beiden viele unnötige Scherereien einbringen.".

„Soll das eine Drohung sein?", fragt Ferdinand.

„Nein! Das soll keine Drohung sein. Eine Empfehlung, wie bereits erwähnt! Eine Empfehlung, die dir viel Zeit und Mühe sparen wird".

„Na dann bedanke ich mich natürlich für die freundliche Unterstützung bei unseren polizeilichen Ermittlungen, Herr Korntner, und für ihre Empfehlung bedanke ich mich ebenso; aber glauben sie nicht, dass ich sie nicht weiter im Visier behalten werde".

„Oh, welch schöne Polizeisprache, im Visier behalten. Wenn du nichts Besseres zu tun hast, Ferdinand, dann behalt mich ruhig im Visier. Hast du keine Freundin?"

Das war der wunde Punkt. Ferdinand gräbt seine Fäuste in der Hosentasche zusammen, beruhigt sich aber rasch wieder.

„Ich kann mich nicht erinnern, ihnen das Du-Wort angeboten zu haben, Herr Korntner".

„Du bist ganz schön hartnäckig mit deinem Herr Korntner. Also gut, ich verstehe, Herr…, äh, wie war noch der Name?"

„Helm", sagt Ferdinand.

„Ja, genau, Helm, du bist, äh… Verzeihung…, sie sind ja schon ein richtiger Polizist. Also dann, schönen Tag Herr Polizist. Ich muss jetzt leider wieder an die Arbeit".

Der Korntner dreht sich zu der Anhängerhydraulik und schüttelt abwertend seinen Kopf.

Ferdinand verlässt rasch den Hof.

„Arschloch…", liegt es ihm auf der Zunge, doch er weiß sich zu beherrschen.

Er fährt weiter zu Anna Kerbler. Der Bauernhof der Kerblers liegt gleich in der Nähe des Korntnerhofes. Sein Onkel hatte ihm ja noch aufgetragen, nachzufragen, ob in letzter Zeit jemand von auswärts bei ihnen am Hof war.

Nach zweimaligem Läuten öffnet sich die Tür und Anna Kerblers Tochter Theresa steht vor ihm.

„Sie brauchen bestimmt meine Mama, Herr Helm", sagt die Kleine, „ich gehe sie gleich holen", und verschwindet im Schatten des langen Vorraumes.

Ferdinand starrt auf den rot-braun gestreiften Läufer, der in der Tiefe des Ganges seine Farben verliert. Er hört Schritte. Kurz darauf steht Theresas Mutter, Anna Kerbler, in der Tür.

Ferdinand berichtet gleich von dem Grund seines Besuches.

„Mein Chef, Frau Kerbler, möchte wissen, ob in letzter Zeit jemand von auswärts bei ihnen am Hof war, also niemand aus Obermühlau", erklärt er.

„Wozu wollen sie das wissen?", fragt sie.

„Ermittlungen! Einfach nur Ermittlungen!"

„Von auswärts?", überlegt Anna.

Sie dreht an ihren Fingern.

„Ja, einmal", sagt sie nach einer kurzen Pause verlegen.

„Ein Mann den ich nicht kannte. Ich hatte ihn noch nie zuvor hier gesehen. Anfangs dachte ich an einen Vertreter für Landmaschinen, oder so was ähnliches. Er stand mit meinem Vater mitten im Hof, nicht sehr lange, für ein paar Minuten vielleicht. Sie redeten kaum".

Verunsichert schaut sie zu Boden. Dann fährt sie fort.

„Es sei der Weinberger Hans gewesen, sagte meine Mutter nachdem ich sie über den Besuch befragte; sie wisse auch nicht warum er hier sei. Er habe früher einmal in Obermühlau gewohnt, lebe jetzt aber schon seit gut dreißig Jahren in Salzburg. Vielleicht wollte er alte Freunde treffen, hatte meine Mutter vermutet. Danach habe ich ihn nie mehr am Hof gesehen. Meiner Mutter schien der Besuch allerdings irgendwie unangenehm zu sein".

Anna Kerbler zupfte an ihrer Weste.

„Was meinen sie mit unangenehm?", fragt Ferdinand nach.

„Das kann ich auch nicht so genau beschreiben, unangenehm einfach. Sie hatte so einen eigenartigen Gesichtsausdruck, als sie den Namen erwähnte. Weinberger Hans. Als müsste sie sich für jeden Buchstaben einzeln entschuldigen, der aus ihrer Kehle kam. Näher kann ich es leider auch nicht zuordnen".

Ferdinand hat für heute genug von Obermühlau. Am Weg zurück telefoniert er gleich mit seinem Onkel und schildert ihm die Begegnung mit dem eigenartigen Zeitgenossen vom Korntnerhof. Dass dieser ernsthaft etwas mit dem Mord zu tun habe, könne er sich schwer vorstellen. Aber wie sieht schon der klassische Mörder aus. Meistens ist es nicht der Nachbar, dem man schon immer ein Verbrechen zugetraut hätte. Und aus dem Gespräch mit Anna Kerbler ist er auch nicht wirklich schlau geworden.

z-w-e-i-u-n-d-z-w-a-n-z-i-g (10.November)

Ihr Mund ist trocken von den antidepressiven Medikamenten, und sie muss mit der Zunge immer wieder die beharrlich an den dritten Schneidezähnen festklebende Oberlippe lösen. Es ergibt ein seltsames Bild: Sprechen, Zunge zwischen Schneidezähne und Oberlippe schieben, weiterreden. Dabei kommt es ständig zu eigenartig schnalzenden Sprechgeräuschen. Darüber schimmern die hektischen, beinahe wahnhaft anmutenden Augen, aus denen sich stets eine neuerliche Flut an Tränen ergießt. Die restliche Mimik ist völlig starr und verhärmt, der Mund bewegt sich und die Augen tränen in einem völlig eingefrorenen Gesicht. Hubmann steht Annas Mutter, Franziska Kerbler, gegenüber. Er ist erschrocken, dass sie sich im letzten Jahr so verändert hat. Die Leute haben immer wieder von irgendwelchen psychischen Problemen gesprochen, aber dass es so weit fehlt, war ihm nicht bewusst.

„Mein herzliches Beileid, Frau Kerbler", bringt er gerade noch heraus, bevor er sich rasch zur Seite drehen muss.

Natürlich kommt die Begräbnissituation dazu, denkt er sich, aber die alte Kerbler steht ja völlig neben den Schuhen.

Es habe alles mit dem Vater zu tun, ergibt sich später in einem kurzen Gespräch mit Anna Kerbler. Er könne sich gar nicht vorstellen, wie stur und streitsüchtig dieser in der letzten Zeit geworden sei, und wie sehr die Mutter darunter zu leiden habe. Vier mal sei sie im letzten Jahr für jeweils mehrere Wochen auf der Psychiatrie im Krankenhaus Vöcklabruck gewesen, aber die Medikamente konnten den Vater auch nicht wegzaubern, und eine andere Lösung des Problems sei für die Mutter nicht in Frage gekommen. Anna selbst sei völlig ratlos über den Wandel des Vaters, wo er doch immer um die Familie so bemüht war. Wobei sie natürlich schon immer zu spüren bekommen hatte, dass dem Vater ein Mann am Hof wichtiger war und die Tochter nur eine untergeordnete Rolle zu spielen hat. Umso weniger habe sie verstanden, dass er zuletzt auch ihrem Bruder, dem Thomas, gegenüber so eine mürrische und abweisende Haltung eingenommen hatte. Und es sei ihnen auch unmöglich gewesen ihn zu überreden, auf das Begräbnis mitzukommen.

„Vieles bekomme ich nicht mehr mit aus der Gegend", denkt sich Hubmann, angesichts der Erzählungen Annas.

Er verabschiedet sich von ihr mit einem zaghaften Händedruck, meint noch, dass sie sich demnächst bestimmt wieder sehen würden, so wie man eben beiläufig erwähnt, dass man sich wieder sehen wird, ohne dabei zu wissen, ob es so kommen sollte. Dann nutzt er die lange Kondolierschlange, um den Friedhof zu verlassen. Er entscheidet sich für einen ausgiebigen Spaziergang durchs Dorf und schlendert eine Weile so dahin.

Nach dem Begräbnis herrscht rasch wieder reges Treiben. Eine Motorsäge kreischt mit einer Flex um die Wette, die Hühner gackern aufgeregt, und ein Frontlader biegt hektisch um die Ecke. Ein Kind schreit nach seiner Großmutter. Die Bauern sitzen auf ihren Traktoren, um Mist auf die Felder auszuführen, und der junge Furtbauer nutzt den Misthaufen als Pissoir, während er wartet, dass sich sein Güllewagen voll pumpt. Der graue Arbeitsmantel hängt kühn über seine blaue Hose, während die linke Hand am Gesäß kratzt.

Dennoch ist es ist ein idyllischer Spätherbsttag, die Sonne lässt noch einmal ihre Kraft erahnen, während schon ein feiner Dunst übers Land zieht, der den Hausruckwald in der Ferne verschwimmen lässt. Vor den hügeligen Erhebungen liegen etliche abgeerntete Felder in den unterschiedlichsten Brauntönen.

Die Straßenmeisterei hat bereits die schwarzorangen Winterstangen zur Markierung der Straßenränder aufgestellt. Das Laub am Boden schreitet in seinem Verwesungsprozess deutlich voran und nur noch vereinzelt ist ein kräftiges gelbes Blatt dazwischen zu erkennen. Hubmann sinniert über die allgegenwärtige Vergänglichkeit und stellt fest, dass die Strassen nach dem frostigen Winter wieder einige Risse im Asphalt dazu bekommen werden. Vereinzelt sieht er laubkahle Bäume, die von Misteln überwältigt werden und muss dabei an die Mistelpräparate denken, die gegen Metastasen helfen sollen.

Schließlich beginnt sich die Sonne zu verfinstern, ohne dass deutliche Wolkenkonturen auszumachen sind. Der Dunst ist hochgestiegen und hat sich zu einem dunkelgrauen Schleier verdichtet, der nur noch vereinzelt zögerliche Sonnenstrahlen freigibt.

Einige Pferde stehen stolz auf einer Weide. Im nahe gelegenen Wald ist eine Treibjagd im Gange, und zwischen dem beständigen Schreien der Treiber brechen immer wieder Schüsse der Jäger hervor, die nach mehreren Echos an den umliegenden Hügeln verhallen. Die Schüsse machen die Pferde nervös, sie scharren mit den Hufen und werfen verängstigte Blicke um sich. Ein kleiner Bach plätschert gemächlich am Waldrand, mit sattem tiefgrünem Wasser, und durch die niedrig stehende Sonne, schimmern vereinzelt silbrig glänzende Flecken an der Oberfläche.

Hubmann versucht seine Gedanken zu ordnen. Ein Mord in Obermühlau, das passt ihm gar nicht ins Konzept. Bleibt man denn hier vor nichts mehr verschont? Und wer um Himmels Willen sollte auf die wahnwitzige Idee kommen diesen auch noch so zu inszenieren?

d-r-e-i-u-n-d-z-w-a-n-z-i-g

In der folgenden Nacht liegt er auf seiner Isomatte dick eingehüllt in einen alten Daunenschlafsack auf der Terrasse und schaut in den Himmel. Der morgige Tag wird wieder im Nebel versinken, aber die Nacht ist noch sternenklar; die Welt ist völlig verdreht, denkt Hubmann. Wenn der Nebel noch länger so beharrlich bleibt, wird es dieses Jahr vermutlich noch mehr unfreiwillig Tote geben. Unfreiwillig Tote? Er lacht kurz auf. Unfreiwillig Tote. *Melden sie sich unfreiwillig, nur diesen Herbst, ein Ehrenamt in Ehren. Sterben sie den unfreiwilligen Nebeltod.* Hubmann schüttelt den Kopf. Manchmal fällt es ihm schwer seine Gedanken in Zaum zu halten.

Er reibt die Füße aneinander und hofft, dass sie sich so schneller erwärmen. Der Terrassenboden ist feucht und kalt, und er glaubt unter seinen Fingern vereinzelt Eiskristalle zu spüren. Er stellt sich vor, wie das Eis unter seinen Fingern schmilzt und er im Anschluss die Hände zum Himmel streckt und auch dort die Sterne zu schmelzen beginnen. Als zarte Lichtadern fließen sie vom Firmament und sammeln sich in einem riesigen Ozean aus Licht, in dem man eintauchen und die kosmische Kraft des Weltalls spüren kann. Er sieht sich selbst im Lichtwasser der zerronnenen Sterne am Rücken treiben, schwerelos und angenehm behütet durch eine alles durchflutende Wärme.

In dem Augenblick, in dem der letzte Stern vom Himmel fließt, kann er für einen kurzen Moment, einen winzigen Bruchteil eines Gedankens, das Ende des Universums sehen. Und dahinter erkennt er zu seiner Verwunderung wieder einen zarten Lichtschimmer, der sich wie ein verborgener Strahl aus einer anderen Welt vorbereitet, ein neues Universum zu gründen. Die Zeit steht still und die Gedanken verzerren sich in der Unendlichkeit. Hubmann spürt, wie sich die Wärme in seinem Körper mehr und mehr ausbreitet; er lächelt; dann schläft er ein.

Als er wenig später wieder erwacht, sieht er trotz der Dunkelheit, wie sich die Umrisse seines Gesichtes im Glas der Terrassentür spiegeln. Ich bin nicht, was ich sehe, denkt er, aber ich kann sehen was ich bin.

Eine atonale Klangwelle sucht unerlaubten Zutritt zu seinem Innenohr, um sich dort vehement zu einem durchdringenden und nervenden Geräusch auszubreiten.

Hubmann schreckt hoch. Er hätte das Mobiltelefon im Haus lassen sollen, doch die Stille ist bereits durchbrochen, der Ozean aus Licht versiegt und er hebt widerwillig ab.

„Lamm? Bist du es? Du hast Neuigkeiten von der Gerichtsmedizin? Sehr gut. Ich werde es nicht glauben, meinst du? Der Wallner...? Ob ich mich noch an den kleinen Gegenstand erinnere? Jetzt machst du mich neugierig..."

v-i-e-r-u-n-d-z-w-a-n-z-i-g (einige Tage später)

Der Nebel hat sich wieder hartnäckig über die Ebenen des Landes gehängt. Im Wetterbericht wurde von traumhaftem Sonnenschein auf den Bergen berichtet, doch hier unten im Tal reicht es für nicht viel mehr, als Trübsal zu blasen. Franz Kerbler zwängt sich in seine gefütterten Gummistiefel. Vor zwei Jahren hat er sie sich geleistet, als ihn die Arthrose in seinen Sprunggelenken zunehmend zu plagen begann - vor allem in der kalten Jahreszeit. Er stapft von einem Bein aufs andere und klopft mit den Fersen gegen den Boden, bis die Schuhe endlich gut sitzen. Die Füße müssen immer gut warm sein, hat ihm der Arzt geraten, und zweimal am Tag könne er sie zusätzlich mit der Schmerzsalbe einreiben; und gegen die Schrunden solle er den Hirschtalg verwenden; und Fußpflege würde auch nicht Schaden, professionelle Fußpflege vielleicht. Der Alte schüttelt den Kopf. Er macht sich auf den Weg zu einer kleinen Anhöhe, die über einen Feldweg direkt von ihrem Hof aus, zu erreichen ist. Bei klarer Sicht gewinnt man von dort einen Überblick über das ganze Dorf und in der Ferne erheben sich die Kalkalpen als graue Kulisse. Kaum ein Tag verging früher, an dem der alte Kerbler nicht hier oben stand. Die Weite der Landschaft brachte ihm auch eine Weite im Denken, so glaubte er zumindest – aber jetzt, jetzt ist alles anders. Sein Kopf findet sich zugeschnürt in einem Korsett aus Borniertheit, festgepresst in einer mittelalterlichen Foltermaske. Jeder freie Gedanke wird erstickt in der Starrheit dieser Hülle. Kein einziges Loch, kein winziger Sprung, durch den sich die Gedanken durchzwängen könnten, um gemeinsam, von außen, mit voller Kraft dieses starre Ungetüm von seinem Kopf herunterzureißen – er möchte endlich wieder frei sein für ein normales Leben. Ein normales Leben? Will er noch leben? Lebt er noch?

Der Feldweg besteht eigentlich nur aus zwei asphaltierten Streifen, die der Spurbreite eines mittelgroßen Traktors angepasst sind. Er hat seinen dunkelgrünen Schafwollpullover angezogen und rollt sich den Kragen bis zum Kinn hinauf. Die Wollmütze streift er tief in die Stirn, sodass sie direkt oberhalb der struppigen Augenbrauen abschließt.

Er marschiert los. Die Sicht reicht knapp zehn Meter. Er zählt seine Schritte. Immer wieder bis sieben, dann beginnt er von vorne. Die beginnende Dämmerung verschlechtert die Sicht noch zusehends. Immer wieder liegen am Weg halb eingefrorene Mistklumpen, die beim Ausführen aufs Feld vom Mistwagen gefallen oder von den Traktorreifen abgebröckelt sind. Strohreste ragen wie kleine Stacheln heraus. Teilweise weicht er aus oder steigt einfach darüber.

Der Weg hebt sich leicht an um wiederum in einen flacheren Teil überzugehen. Er fühlt sich wie auf einer riesigen Wippe und lässt seinen Oberkörper leicht nach hinten neigen, um ihn anschließend wieder nach vorne zu kippen. Wie zwei parallele Schienen, die im Nirgendwo enden, verschwinden die Asphaltstreifen im immer dichter werdenden Nebel. Dieser droht eine zähe und undurchdringbare Masse zu werden. Franz Kerbler geht ein Stück weiter, dann wieder zurück, wieder ein Stück weiter und wieder zurück.

Eine Weile wiederholt sich dieser *Vor*(und wieder zurück)*gang*. Bis er schließlich stehen bleibt.

Von der Straße unten hört er immer wieder Motorenlärm. Er weiß genau, wo die Strasse verläuft. Aber er sieht nichts. Nicht einmal die Scheinwerfer der vorbeifahrenden Autos kann er sehen. Er schließt die Augen, sieht aber immer noch nichts. Schließlich geht er den Weg zu Ende, bis dieser ins freie Feld mündet. Unbeirrt stapft er weiter. Der Boden wird uneben, kleine Mulden zwischen Grasbüscheln und Erdklumpen. Es stört ihn nicht.

f-ü-n-f-u-n-d-z-w-a-n-z-i-g

Theresa kniet auf der Küchenbank mit dem Rücken zum Tisch. Sie hat die Ellenbogen auf dem Fensterbrett aufgestützt, die Fäuste an den Wangen und starrt mit verlorenem Blick durch die Scheibe hinaus in die Nebelwand. Sie formt ihren Mund zu einem großen `O´ und haucht kleine, unsichtbare Luftwölkchen vor sich hin. Den Kopf hat sie tief zwischen ihren hochgezogenen Schultern, die in der Wollweste ihrer Mutter stecken, vergraben. Die viel zu langen Ärmel ragen über ihre Hände hinweg und hängen wie zwei Kaninchenohren seitlich von ihren Wangen.

„Der Großvater geht schon wieder im Nebel spazieren, Mama", sagt sie der letzten Luftwolke hinterher, ohne sich ihrer Mutter zuzuwenden.

„Ich weiß, mein Schatz".

Anna trocknet die alte Keramikschüssel ab, in der sie zuvor Walnüsse ausgelöst hat.

„Er braucht zur Zeit viel Ruhe", sagt sie dann zu ihrer Tochter.

„Ich finde der Großvater ist sehr komisch geworden, Mama, ganz anders als früher. Ich glaube sogar, dass ich ihn gar nicht mehr mag".

Theresa vergräbt kurz ihr Gesicht in den Wollwestenhänden, als hätte sie etwas Unrechtes gesagt.

„Ja der Großvater ist sehr komisch geworden, da muss ich dir Recht geben, Theresa. Ich wünschte ich könnte etwas Anderes behaupten, aber auch mir fällt es schwer seine Veränderung zu akzeptieren".

Anna stellt die Schüssel ins Regal und hängt das Geschirrtuch sorgfältig über die Messingstange beim Holzofen. Ein tiefer Seufzer kommt ihr aus und ihre Tochter sieht sie verständnisvoll an.

„Mama?"

„Ja, Theresa?"

„Wir werden nicht mehr lange hier sein, Mama, nicht wahr?"

Anna streift sich die Schürze glatt.

„Ja, Theresa, wir werden nicht mehr lange hier sein. Wir werden die nächsten Tage beginnen unsere Sachen zu packen. Wir können vorübergehend bei deiner Tante wohnen. Das Haus ist groß genug und wir werden kaum stören. Nur ein paar Wochen, bis wir etwas Eigenes gefunden haben".

„Mama?".

„Ja, mein Schatz".

„Deine Weste ist so kuschelig".

„Ich weiß, mein Schatz, darum darf ich sie auch so selten selber tragen".

Theresa kichert, dann wird ihr Blick ganz leer.

„Eigentlich will ich gar nicht weg von hier, Mama. Wir haben es immer so schön gehabt".

Sie macht eine kurze Pause.

„Der Großvater, der soll weggehen".

Anna nähert sich ein paar Schritte ihrer Tochter.

„Das wird er nicht machen, mein Kind, er wird bestimmt hier bleiben. Aber er hat anscheinend vergessen wie schön es hier ist, sonst würde er sich nicht so unpassend benehmen. Manchmal muss man leider das Paradies verlassen, um es zu erkennen. Aber er hat es nie verlassen, er hat es immer als selbstverständlich hingenommen. Und jetzt kann er nicht damit leben, dass sich Dinge verändern".

Theresa hält ihren Kopf noch immer auf den Händen gestützt und sieht zum Fenster hinaus. Gelegentlich streift sie sich mit den überhängenden Ärmeln eine Strähne aus dem Gesicht.

„Glaubst du wirklich, dass wir im Paradies leben, Mama?"

„Ich denke schon, mein Schatz".

Anna neigt ihren Kopf zur Seite und blickt ihrer Tochter tief in die Augen.

„Vergiss kurz den Nebel, Theresa. Denk an die wunderschönen Bäume, wie sie ihm nächsten Frühling wieder in voller Kraft erstrahlen werden. Ihre saftig grünen Blätter, die vom Wind bewegt, geheimnisvolle Geschichten aus alten Zeiten erzählen. Denk an die prächtigen Blumen, die mit ihrem betörenden Duft Bienen anlocken, Schmetterlinge, die uns mit ihrem Tanz verzaubern. Stell dir vor wie du auf deiner Schaukel immer höher und höher in die Luft schwingst, bist du plötzlich abhebst und wie ein Bussard deine mächtigen Schwingen ausbreitest und hoch über den Feldern deine Kreise ziehst. Bis du schließlich in atemberaubender Geschwindigkeit im Sturzflug herabjagst, den Feldhasen im Visier, deine Krallen nach vorne streckst. Du spürst, wie dein Herz zu rasen beginnt, spürst die Angst deiner Beute. Du verletzt den Hasen aber nicht, nein, du bist plötzlich der Hase. Du hast die Rollen getauscht, bist in das braune Fell geschlüpft und schlägst Haken quer über die Felder. Der Bussard über dir schwingt ab und geht in einen stolzen Gleitflug über. Andere Hasen gesellen sich zu dir, viele deiner Freunde.

Dann entschließt du dich wieder deine menschliche Gestalt anzunehmen, setzt dich auf die Schaukel und lässt deine Beine langsam vor und zurück baumeln. Die Sonne neigt sich tiefer und tiefer und versinkt als oranger Ball hinter dem Hausruckwald, um dich am nächsten Morgen von Osten her mit ihren Strahlen aus dem Bett zu kitzeln. Musstest du schon jemals in deinem Leben Hunger leiden, Theresa? Nein, wir hatten immer genug zu Essen und wir hatten jeden Tag die Freiheit der Natur und wir hatten uns. Ich kann mir kein schöneres Paradies vorstellen".

Theresa sieht ihre Mutter mit großen Augen an.

„Mama, wenn ich dem Großvater sage, dass er im nächsten Herbst keinen Apfel vom Baum essen darf und er es trotzdem wagt, darf ich ihn dann aus unserem Paradies verjagen? Können wir dann wieder zurückkommen?"

Anna lacht laut auf. Sie setzt sich zu ihrer Tochter auf die Küchenbank und nimmt sie fest in die Arme.

„Das ist eine gute Idee, Theresa, so werden wir es machen".

„Wir müssen aber nicht mehr so lange warten, Mama".

„Wie meinst du das?", fragt Anna verwundert nach.

„Der Großvater wird bald sterben".

„Woher willst du das wissen, Theresa?"

„Ich weiß es, genauso, wie ich es bei meinem Onkel gewusst habe!"

Anna wird ganz starr vor Entsetzen. Sie reißt ihre graugrünen Augen weit auf und rutscht ein Stück von ihrer Tochter weg. Nach einer kurzen Pause befiehlt sie ihr mit scharfem Ton.

„Sag das niemandem außer mir, Theresa, versprich mir das!".

„Wenn du meinst, Mama".

s-e-c-h-s-u-n-d-z-w-a-n-z-i-g

Franz Kerbler steht noch immer auf der kleinen Anhöhe. Am Tag vor dem Nationalfeiertag war er auch hier oben. Damals ließ er sich alles noch einmal durch den Kopf gehen, so wie er es mit seinem Sohn Thomas besprochen hatte. Nach seinem Ausgang hier auf den Hügel trafen sie sich im Schuppen, als hätten sie diesen Platz als neuen Treffpunkt für gemeinsame Zusammenkünfte gewählt. Um über die alten Zeiten zu sprechen, die harte Arbeit, die Zukunft des Hofes und alles Mögliche, das es so zwischen Vater und Sohn zu besprechen gab. Mit dem Unterschied, dass sie nichts mehr zu besprechen hatten. Alles war bereits gesagt.

Sein Sohn hatte die Schlaftabletten schon vorbereitet. Er hatte sie in Kombination mit dem Antidepressivum verordnet bekommen. Zehn Stück nahm er aus der Packung. Sie hatten sich gut vorbereitet. Der Strick lag bereit und der Seilzug auch. Er würde es schon schaffen, versicherte er seinem Sohn nochmals.

Eine halbe Stunde nachdem Thomas die Tabletten eingenommen hatte, begann der Vater seinem Sohn die Kehle zuzudrücken, so hatten sie es vereinbart. Drei Minuten sollten reichen. Anschließend schlang er ihm den vorbereiteten Strick um den Hals, so, dass der Knoten genau am Hinterhaupt zu liegen kam. Seitlich hängte er den Haken des Seilzuges ein. Alles verlief wie geplant.

Nachdem sich Franz Kerbler versichert hatte den Puls seines Sohnes nicht mehr zu spüren, zog er mit aller Kraft am Seilzug, bis Thomas die richtige

Höhe erreicht hatte; so etwa einen halben Meter über dem Boden, wie vereinbart. Das Seil vom Seilzug schnürte er zwischenzeitlich um den Holztram der mitten im Raum stand, bis er den Strick, der um den Hals seines Sohnes geschlungen war, dreimal über den Querbalken geworfen hatte und ihn anschließend fest verknoten konnte. Den alten Sessel legte er daneben auf den Boden. So war es gut, so würde es funktionieren.

Sie hatten es lange überlegt und bis ins Detail vorbereitet. Als Franz Kerbler seinen Sohn nun so vor sich baumeln sah, überkam ihn dennoch ein eigenartiges Gefühl. Er spürte einen Teil von sich selbst tief aus ihm herausgerissen und ein heftiges Brennen blieb zurück. Mitten in der Brust.

Das Licht ließ er brennen, als er die Tür des Schuppens anlehnte, danach zog er seine Arbeitshandschuhe aus. Den Seilzug hatte er zuvor bereits entfernt und das Heu am Boden des Schuppens wieder gleichmäßig verteilt. Als letztes hatte er noch das Pflaster mit dem Blut vom Weinberger in die Nähe des Sessels gelegt. Das Pflaster, das er an der Stelle am Boden gefunden hatte, an der der Weinberger sein Auto geparkt hatte, als er die Frechheit besaß, einfach auf seinen Hof zu kommen und ihm dämlich ins Gesicht zu grinsen. Ob diese Spur reichen würde?

Der Nebel hängt immer noch dicht und die Dunkelheit hält Einzug. Er steht irgendwo im Feld zwischen Wirklichkeit und Traum. Alles verschwimmt. Es gibt keine Konturen mehr, genauso, wie es in seinem Leben keine Konturen mehr gibt, seit er erfahren hat, dass sein Sohn ein Bastard ist. Ein Bastard hat sich in seine Familie geschlichen, ohne dass er davon wusste. Vierunddreißig Jahre lang hatte er keine Ahnung, bis zu dem Tag, als ihm der Weinberger nach über dreißig Jahren wieder im Dorf gegenüberstand. Er war in die Stadt gezogen, nach Salzburg, wollte dort sein Glück versuchen, er wollte nicht als Landei versumpern; diese Bauernarbeit sei nichts für ihn, wie er damals immer lauthals verkündete. Der Weinberger Hans, der immer so penetrant um seine Franziska herumschwänzelte. Er wusste schon lange, dass er ein Auge auf sie geworfen hatte, aber schließlich war sie seine Frau, schon vier Jahre waren sie damals verheiratet.

Vielleicht war dies der Grund, weshalb der Weinberger in die Stadt flüchtete, um nicht mehr ständig an sie denken zu müssen. Als dieser nun jedenfalls nach über dreißig Jahren ihm gegenüberstand und sein bemühtestes Lächeln aufsetzte, da lachte ihm plötzlich aus diesem Gesicht sein eigener Sohn entgegen. Als wollte ihm dieses Schwein nach so langer Zeit aufs Tiefste verhöhnen, genau über die verblüffende Ähnlichkeit Bescheid wissend, lachte er ihm unverschämt ins Gesicht. Von diesem Zeitpunkt an wusste er genau, dass seine Liebe, die große Liebe seinem Sohn gegenüber, einem Bastard galt. Seine Frau versuchte ihn noch zu besänftigen, doch es hatte keinen Zweck mehr. Warum war dieses Schwein nach so langer Zeit einfach hier aufgetaucht und grinste ihm ins Gesicht. Er konnte es sich nicht erklären. Von diesem Tag an war er erstarrt. Seine Emotionen konnten sich von einem Moment auf den anderen nur noch auf Wut, Zorn, Gram und Starsinn konzentrieren. Das Bitten und Betteln seiner Frau ließ ihn völlig kalt, und dass sein ehemaliger Sohn, dieser Bastard, zunehmend an Depressionen zu leiden begann, kam ihm nur

Recht. Und dann kam dieser Tag, an dem er ihn im Schuppen ertappte, als er sich gerade die Schlinge um den Hals legen wollte, um sich zu erhängen. An diesem Tag trafen sie ihre Vereinbarung. Sein Sohn konnte an nichts anderes mehr denken, als zu sterben und er, der Kerbler Franz, wollte seine Genugtuung. Aber ein Selbstmord kam auf keinen Fall in Frage und so kam ihm die Idee alles dem Weinberger in die Schuhe zu schieben. Der Thomas, dem alles schon egal war unterstützte ihn und schrieb an den Weinberger einen Brief, in dem er Erbansprüche einforderte. Schließlich war dieser mittlerweile ein angesehener und reicher Mann geworden, und so hatten sie auch schon ihr Motiv. Sie erpressten den Weinberger fiktiv und dieser erledigte es auf seine Art. Klang sehr plausibel, so würde es klappen.

Seine Sprunggelenke beginnen zu schmerzen, er beschließt den Weg zurück zu suchen, aber es fällt ihm schwer, sich zu orientieren. Alles scheint gleich und Gleichgültig. Keine Richtung die richtige, kein Weg der falsche. Alles ist gleich im Einheitsbrei der Nebelsuppe seines Lebens.

Mitten im Nebel scheint ein Licht, mal stärker, mal schwächer. Das Licht zeichnet Streifen in den Nebel. Dann sieht er noch ein zweites und ein drittes. Er geht auf die Lichter zu, denn sie kommen bestimmt vom Weg. Die Lichter nehmen an Intensität zu. Er hört Stimmen, Stimmen, die seinen Namen rufen. Drei Konturen zeichnen sich aus dem Nebel heraus und verdichten sich zu Gestalten. Noch einige Meter, dann wird er sie erkennen. Er hört wieder die Stimmen. Kerbler rufen sie, Kerbler Franz, dann noch einmal und noch einmal. Schließlich kann er die drei Gestalten zuordnen, einer trägt Uniform.

„Wir haben den Mörder", rufen sie ihm zu.

Ein kurzes Zucken durchdringt ihn und lässt seinen schweren Atem pausieren. Und als sie ganz nahe vor ihm stehen.

„Es ist der Weinberger!"

s-i-e-b-e-n-u-n-d-z-w-a-n-z-i-g

Ein hell erleuchteter Mond steht wie eine exakt in der Mitte zerbrochene Hostie am Firmament, die runde Seite scharf abgegrenzt vom hellgrau verschwommenen Hintergrund dieses ersten Märzmorgens. Im Osten hebt sich eine gestreifte Morgenröte, wie ein italienischer Teigauflauf aus Licht- und Wolkenschichten, über den Horizont. Genau in dem Moment, in dem der erste Sonnenstrahl durchs Fenster blitzt, fährt Franz Kerbler vor Schreck in seinem Bett hoch. Mit jagendem Herzschlag und schnellem Atem spürt er das durchnässte Oberteil seines durchgewetzten Frotteepyjamas an seinem Rücken kleben. Ein kurzer Zweifel an der Echtheit dieses Moments vergräbt sich in einem dumpfen Schmerz im unteren Bereich seines Rückens. Er dreht den Kopf zur Seite. Seine geliebte Frau Franziska liegt neben ihm. In gleichmäßigen Bewegungen hebt und senkt sich ihr Brustkorb mit den tiefen Atemzügen ihres geduldigen Schlafes. Er greift nach einer kleinen Locke ihres ergrauten, aber immer noch dichten Haares und lässt diese leise zwischen seinen Fingern knistern. Der weite Ausschnitt ihres Nachthemds gibt ihre linke Schulter frei und lässt ihn das winzige Muttermal erkennen, auf dem er unbeholfen wie ein kleiner Schuljunge herumtappte, nachdem sie sich zum ersten Mal geliebt hatten. Ihr Hals wirkt jung im Schlaf. Er betrachtet seine faltigen Hände und legt sie übereinander. Langsam löst sich der Stoff des Schlafanzuges von seinem Rücken und ein kalter Schauder überkommt ihn. Die Dielen des Holzbodens im Schlafzimmer knarren, als würde eine unsichtbare Gestalt durch den Raum schreiten und er spürt einen sanften Zug an seinen Händen, als Zeichen aufzustehen.

Epilog

Dreieinhalb Monate nach der Festnahme des Weinberger Hans, hat sich mein Großvater, Franz Kerbler, am Polizeirevier in Ottnang gemeldet und alle Details der Tat gestanden. Bereits wenige Tage nach seiner Inhaftierung fand man ihn in seiner Zelle erhängt. Einen Tag zuvor war der `Todesengel´ von Holzleithen selig in den Händen seiner `Geisterfrau´ entschlafen, die ihm nur wenige Wochen darauf nachfolgte.

Ich spüre es noch immer wenn Menschen in meiner Umgebung sterben werden, doch ich habe den Ratschlag meiner Mutter befolgt und diese Vorhersagen für mich behalten - über die letzten Jahrzehnte. Ich weiß nicht ob ich es als Fähigkeit bezeichnen soll, oder als Bürde. Vielleicht könnte es von Nutzen sein, aber solange ich meine Umwelt in Angst und Panik versetzen und mich selbst vom Leben ausschließen würde, muss ich diese Fähigkeit für mich behalten - oder etwa nicht?

Mein Großvater habe zu meiner Großmutter kurz bevor er sich der Polizei stellte noch gesagt, wie sehr ihm alles Leid täte. Es müsse wohl ein böser Geist in ihn gefahren sein, der ihn zu einem völlig herzlosen Menschen verkommen ließ. Er hoffe sein Sohn könne ihm jemals verzeihen, ansonsten würde er lange dafür büßen müssen. Meine Großmutter aber erwiderte ihm, dieser böse Geist sei der reine Hass gewesen und alles Andere habe er sich selbst zu verdanken.

Dennoch war sie froh, dass er sein Unrecht eingesehen hatte, auch wenn sie ihn dadurch für immer verlor.

Zumindest konnte sie ihm noch verzeihen.

„Man sollte sich wohl niemals zu wichtig nehmen", sagte mein Großvater noch vor seinem Abschied.

„So hätte man bessere Chancen zwischen den wesentlichen und den unwesentlichen Dingen des Lebens zu differenzieren. Hätte ich niemals erfahren, dass mein Sohn gar nicht mein Sohn ist, wäre meiner Familie vermutlich ein zufriedenes Leben beschert geblieben. So habe ich es zerstört!".

Mit einem leichten Glänzen in den Augen beugte er sich zuletzt zu mir herab.

„Nimm dein Leben in die Hand!", meine Kleine.

„Du kannst über dein Glück mehr bestimmen, als du glaubst!", sagte er.

Dann kehrte er mir den Rücken zu und die Großmutter brachte ihn aufs Polizeirevier.

Was soll ich nun also anfangen mit meiner Fähigkeit?